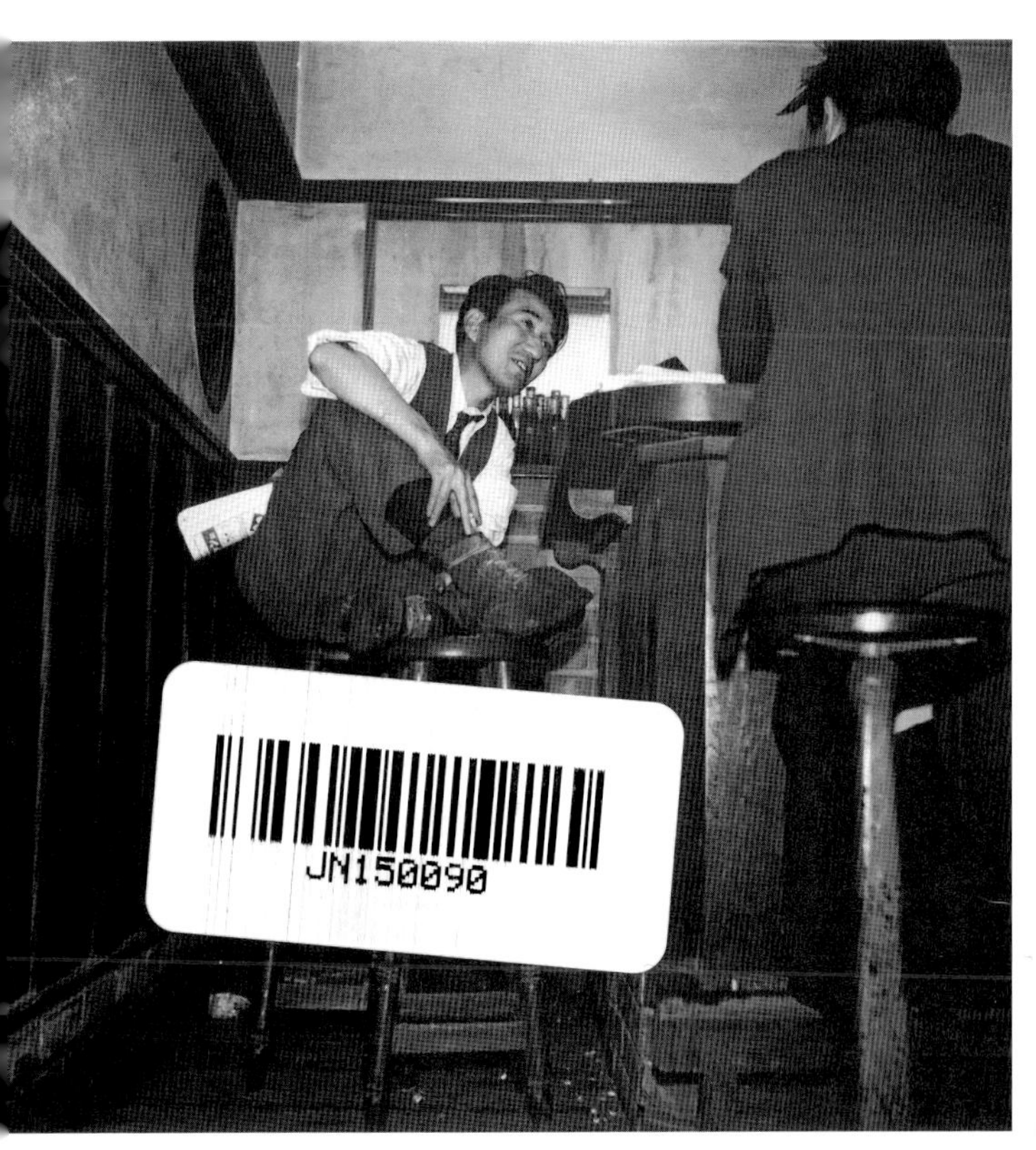

太宰治(左)と坂口安吾(右)。昭和21年11月、銀座のバー〈ルパン〉にて。

新潮文庫

不良少年とキリスト

坂口安吾著

新潮社版

11133

目次

不良少年とキリスト

復員

四郎は南の島から復員した。帰ってみると、三年も昔に戦死したことになっているのである。彼は片手と片足がなかった。

家族が彼をとりまいて珍しがったのも一日だけで翌日からは厄介者にすぎなかった。知人も一度は珍しがるが二度目からはうるさがってしまう。言い交した娘があった。母に尋ねると厄介者が女話とはという顔であった。すでに嫁入して子供もあるのだ。気持の動揺も鎮(しずま)ってのち、例によって一度は珍しがってくれるだろうと訪ねてみることにした。

女は彼を見ると間の悪い顔をした。折から子供が泣きだしたのでオムツをかえてやりながら「よく生きていたわね」と言った。彼はこんな変な気持で赤ン坊を眺めたことはない。お前が生きて帰らなくとも人間はこうして生れてくるぜと言っているように見える。けれども女の間の悪そうな顔で、彼は始めてほのあたたかいものを受けとめたような気がして、満足して帰ってきた。

この掌篇小説は、一九四六年十一月四日付「朝日新聞」大阪版及び名古屋版第四面の「けし粒小説」欄に掲載されたものである。二〇一八年初頭に大阪大学の斎藤理生氏によって発掘された。

恋愛論

恋愛とはいかなるものか、私はよく知らない。そのいかなるものであるかを、一生の文学に探しつづけているようなものなのだから。

誰しも恋というものに突きあたる。あるいは突きあたらずに結婚する人もあるかもしれない。やがてしかし良人(おっと)は妻を愛す。あるいは生れた子供を愛す。家庭そのものを愛す。金を愛す。着物を愛す。

私はフザけているのではない。

日本語では、恋と、愛という語がある。いくらかニュアンスがちがうようだ。あるいは二つをずいぶん違ったように解したり感じたりしている人もあるだろう。外国では（私の知るヨーロッパの二三の国では）愛も恋も同じで、人を愛すという同じ言語で愛すという。日本では、人を愛し、人を恋しもするが、通例物を恋すとはいわない。まれに、そういう時は、愛すと違った意味、もう少し強烈な、狂的な力がこめられているような感じである。

もっとも、恋す、という語には、いまだ所有せざるものに思いこがれるようなニュアンスもあり、愛すというと、もっと落ちついて、静かで、澄んでいて、すでに所有したものを、いつくしむような感じもある。だから恋すという語には、もとめるはげしさ、狂的な祈願がこめられているような趣きでもある。私は辞書をしらべたわけではないのだが、しかし、恋と愛の二語に歴史的な、区別され限定された意味、ニュアンスが明確に規定されているようには思われぬ。

昔、切支丹（キリシタン）が初めて日本に渡来したころ、この愛という語で非常に苦労したという話がある。あちらでは愛すは好むで、人を愛す、物を愛す、みな一様に好むという平凡な語が一つあるだけだ。ところが、日本の武士道では、不義はお家の御法度（ごはっと）で、色恋というと、すぐ不義とくる。恋愛はよこしまなものにきめられていて、清純な意味が愛の一字にふくまれておらぬのである。切支丹は愛を説く。神の愛、キリシトの愛、けれども、愛は不義につらなるニュアンスが強いのだから、この訳語に困惑したので、苦心のあげくに発明したのが、大切という言葉だ。すなわち「神（デウス）のご大切」「キリシトのご大切」と称し、余は汝（なんじ）を愛す、というのを、余は汝を大切に思うと訳したのである。

実際、今日われわれの日常の慣用においても、愛とか恋は何となく板につかない言葉の一つで、僕はあなたを愛します、などというと、舞台の上でウワの空にしゃべっているような、われわれの生活の地盤に密着しない空々しさが感じられる。愛す、というのは何となくキザだ。そこで、僕はあなたがすきだ、という。この方がホンモノらしい重量があるような気がするから、要するに英語のラヴと同じ結果になるようだが、しかし、日本語のすきだ、だけでは力不足の感があり、チョコレートなみにしかすきでないような物たりなさがあるから、しかたなしに、とてもすきなんだ、と力むことになる。

日本の言葉は明治以来、外来文化に合わせて間に合わせた言葉が多いせいか、言葉の意味と、それがわれわれの日常に慣用される言葉のイノチがまちまちであったり、同義語が多様で、その各々(おのおの)に靄(もや)がかかっているような境界線の不明確な言葉が多い。これを称して言葉の国というべきか、われわれの文化がそこから御利益(ごりやく)を受けているか、私は大いに疑っている。

惚(ほ)れたというと下品になる、愛すというといくらか上品な気がする。下品な恋、上品な恋、あるいは実際いろいろの恋があるのだろうから、惚れた、愛した、こう使いわけて、たった一字の動詞で簡単明瞭(めいりょう)に区別がついて、日本語は便利のようだが、しかし、私はあべこべの不安を感ずる。すなわち、たった一語の使いわけによって、いともあざやかに区別をつけてそれですましてしまうだけ、物自体の深い機微、独特な個性的な諸表象を見のがしてしまう。言葉にたよりすぎ、言葉にまかせすぎ、物自体に即して正確な表現を考え、つまりわれわれの言葉は物自体を知るための道具だという、考え方、観察の本質的な態度をおろそかにしてしまう。要するに、日本語の多様性は雰囲気的でありすぎ、したがって、日本人の心情訓練をも雰囲気的にしている。われわれの多様な言葉はこれをあやつるにはきわめて自在豊饒（ほうじょう）な心情的沃野（よくや）を感じさせてたのもしい限りのようだが、実はわれわれはそのおかげで、わかったようなわからぬような、万事雰囲気ですまして卒業したような気持になっているだけの、原始詩人の言論の自由に恵まれすぎて、原始さながらのコトダマのさきはふ国に、文化の借り衣裳（いしょう）をしているようなものだ。

人は恋愛というものに、特別雰囲気を空想しすぎているようだ。しかし、恋愛は、言葉でもなければ、雰囲気でもない。ただ、すきだ、ということの一つなのだろう。すきだ、という心情に無数の差があるかもしれぬ。その差の中に、すき、と、恋との分があるのかもしれないが、差は差であって、雰囲気ではないはずである。

恋愛というものは常に一時の幻影で、必ず亡び、さめるものだ、ということを知っている大人の心は不幸なものだ。

若い人たちは同じことを知っていても、情熱の現実の生命力がそれを知らないが、大人はそうではない、情熱自体が知っている。恋は幻だということを。

年齢には年齢の花や果実があるのだから、恋は幻にすぎないという事実については、若い人は、ただ、承った、ききおく、という程度でよろしいのだと私は思う。

ほんとうのことというものは、ほんとうすぎるから、私はきらいだ。死ねば白骨になるという。死んでしまえばそれまでだという。こういうあたりまえすぎることは、無意味であるにすぎないものだ。

教訓には二つあって、先人がそのために失敗したから後人はそれをしてはならぬ、という意味のものと、先人はそのために失敗し後人も失敗するにきまっているが、さればといって、だからするなとはいえない性質のものと、二つである。

恋愛は後者に属するもので、所詮幻であり、永遠の恋などは嘘の骨頂だとわかっていても、それをするな、とはいい得ない性質のものである。それをしなければ人生自体がなくなるようなものなのだから。つまりは、人間は死ぬ、どうせ死ぬものなら早く死んでしまえということが成り立たないのと同じだ。

私はいったいに万葉集、古今集の恋歌などを、真情が素朴純粋に吐露されているというので、高度の文学のようにいう人々、そういう素朴な思想が嫌いである。

極端にいえば、あのような恋歌は、動物の本能の叫び、犬や猫がその愛情によって吠(ほ)え鳴くことと同断で、それが言葉によって表現されているだけのことではないか。

恋をすれば、夜もねむれなくなる。別れたあとは死ぬほど苦しい。手紙を書かずにはいられない。その手紙がどんなにうまく書かれたにしても、猫の鳴き声と所詮は同じことなので、以上の恋愛の相は万代不易の真実であるが、真実すぎるから特にいうべき必要はないので、恋をすれば誰でもそうなる。きまりきったことだから、勝手にそうするがいいだけの話だ。

初恋だけがそうなのではなく、何度目の恋でも、恋は常にそういうもので、得恋は失恋と同じこと、眠れなかったり、死ぬほど切なく不安であったりするものだ。そんなことは純情でもなんでもない、一二年のうちには、また、別の人にそうなるのだから。

私たちが、恋愛について、考えたり小説を書いたりする意味は、こういう原始的な（不変な）心情のあたりまえの姿をつきとめようなどということではない。

人間の生活というものは、めいめいが建設すべきものなのである。めいめいが自分の人生を、一生を建設すべきものなので、そういう努力の歴史的な足跡が、文化というものを育てあげてきた。恋愛とても同じことで、本能の世界から、文化の世界へひきだし、めいめいの手によってこれを作ろうとするところから、問題がはじまるのである。

A君とB子が恋をした。二人は各々ねむられぬ。別れたあとでは死ぬほど苦しい。手紙を書く、泣きぬれる。そこまでは、二人の親もそのまた先祖も、孫も子孫も変りがないから、文句はいらぬ。しかし、これほど恋しあう御両人も、二三年後には御多分にもれず、つかみあいの喧嘩(けんか)もやるし、別の面影を胸に宿したりするのである。何かよい方法はないものかと考える。

しかし、大概そこまでは考えない。そしてA君とB子は結婚する。はたして、例外なく倦怠(けんたい)し、仇心(あだしごころ)も起きてくる。そこで、どうすべきかと考える。

その解答を私にだせといっても、無理だ。私は知らない。私自身が、私自身だけの解答を探しつづけているにすぎないのだから。

私は妻ある男が、良人ある女が、恋をしてはいけないなどとは考えていない。

人は捨てられた一方に同情して、捨てた一方を憎むけれども、捨てなければ捨てないために、捨てられた方と同価の苦痛を忍ばねばならないので、なべて失恋と得恋は苦痛において同価のものだと私は考えている。

私はいったいに同情はすきでない。同情して恋をあきらめるなどというのは、第一、暗くて、私はいやだ。

私は弱者よりも、強者を選ぶ。積極的な生き方を選ぶ。この道が実際は苦難の道なのである。なぜなら、弱者の道はわかりきっている。暗いけれども、無難で、精神の大きな格闘が不要なのだ。

しかしながら、いかなる真理も決して万人のものではないのである。人はおのおの個性が異なり、その環境、その周囲との関係が常に独自なものなのだから。

私たちの小説が、ギリシャの昔から性懲り（しょうこ）りもなく恋愛を堂々めぐりしているのも、個性が個性自身の解決をする以外に手がないからで、何か、万人に適した規則が有って恋愛を割りきることができるなら、小説などは書く要もなく、また、小説の存する意味もないのである。

しかし、恋愛には規則はないとはいうものの、実は、ある種の規則がある。それは常識というものだ。または、因習というものである。この規則によって心のみたされず、その偽りに服しきれない魂が、いわば小説を生む魂でもあるのだから、小説の精神は常に現世に反逆的なものであり、よりよきなにかを探しているものなのである。しかし、それは作家の側からのいい分であり、常識の側からいえば、文学は常に良俗に反するものだ、ということになる。

恋愛は人間永遠の問題だ。人間ある限り、その人生の恐らく最も主要なるものが恋愛なのだろうと私は思う。人間永遠の未来に対して、私が今ここに、恋愛の真相などを語りうるものでなく、またわれわれが、正しき恋などというものを未来に賭けて断じうるはずもないのである。

ただ、われわれは、めいめいが、めいめいの人生を、せい一ぱいに生きること、それをもって自らだけの真実を悲しく誇り、いたわらねばならないだけだ。

問題は、ただ一つ、みずからの真実とは何か、という基本的なことだけだろう。

それについても、また、私は確信をもっていいうる言葉をもたない。ただ、常識、いわゆる醇風良俗なるものは真理でもなく正義でもないということで、醇風良俗によって悪徳とせられること必ずしも悪徳ではなく、醇風良俗によって罰せられるよりも、自我みずからによって罰せられることを怖るべきだ、ということだけはいい得るだろう。

しかし、人生は由来、あんまり円満多幸なものではない。愛する人は愛してくれず、欲しいものは手に入らず、概してそういう種類のものであるが、それぐらいのことは序の口で、人間には「魂の孤独」という悪魔の国が口をひろげて待っている。強者ほど、大いなる悪魔を見、争わざるを得ないものだ。

人の魂は、何物によっても満たし得ないものである。特に知識は人を悪魔につなぐ糸であり、人生に永遠なるもの、裏切らざる幸福などはあり得ない。限られた一生に永遠などとはもとより嘘にきまっていて、永遠の恋などと詩人めかしていうのも、単にある主観的イマージュを弄ぶ言葉の綾だが、こういう詩的陶酔は決して優美高尚なものでもないのである。

人生においては、詩を愛すよりも、現実を愛すことから始めなければならぬ。もとより現実は常に人を裏ぎるものである。しかし、現実の幸福を幸福とし、不幸を不幸とする、即物的な態度はともかく厳粛なものだ。詩的態度は不遜であり、空虚である。物自体が詩であるときに、初めて詩のイノチがありうる。

プラトニック・ラヴと称して、精神的恋愛を高尚だというのも妙だが、肉体は軽蔑しない方がいい。肉体と精神というものは、常に二つが互に他を裏切ることが宿命で、われわれの生活は考えること、すなわち精神が主であるから、常に肉体を裏切り、肉体を軽蔑することに馴れているが、精神はまた、肉体に常に裏切られつつあることを忘るべきではない。どちらも、いい加減なものである。

人は恋愛によっても、みたされることはないのである。何度、恋をしたところで、そのつまらなさが分る外には偉くなるということもなさそうだ。むしろその愚劣さによって常に裏切られるばかりであろう。そのくせ、恋なしに、人生は成りたたぬ。所詮人生がバカげたものなのだから、恋愛がバカげていても、恋愛のひけめになるところもない。バカは死ななきゃ治らない、とかいうが、われわれの愚かな一生において、バカは最も尊いものであることも、また銘記しなければならない。

人生において、最も人を慰めるものは何か。苦しみ、悲しみ、せつなさ。さすれば、バカを怖れたもうな。苦しみ、悲しみ、切なさによって、いささか、みたされる時はあるだろう。それにすら、みたされぬ魂があるというのか。ああ、孤独。それをいたもうなかれ。孤独は、人のふるさとだ。恋愛は、人生の花であります。いかに退屈であろうとも、この外に花はない。

（一九四七年）

欲望について

――プレヴォとラクロ――

私は昔から家庭というものに疑いをいだいていた。愛する人と家庭をつくりたいのも人の本能であるかも知れぬが、この家庭を否応なく、陰鬱に、死に至るまで守らねばならぬか、どうか。なぜ、それが美徳であるのか。勤倹の精神とか困苦耐乏の精神とか、そういう美徳と同じように、実際は美徳よりも悪徳にちかいものではないかという気が、私にはしてならなかった。

多く人々の家庭はたのしい棲家よりも、私にはむしろ牢獄という感じがする。そしてなぜ耐乏が美徳であるかと同じように、この陰鬱な家庭に就ても、人々は、それが美徳であり、その陰鬱さに堪え、むしろ暗さの中に楽しみを見出すことが人生の大事であるという風に馴らされてきた。ただ「馴らされてきた」のだとしか思うことができなかった。

私はマノン・レスコオのような娼婦が好きだ。天性の娼婦が好きだ。彼女には家庭とか貞操という観念がない。それを守ることが美徳であり、それを破ることが罪悪だという観念がないのである。マノンの欲するのは豪奢な陽気な日毎々々で、陰鬱な生活に堪えられないだけなのである。

彼女にとって、媚態は徳性であり、彼女の勤労ですらあった。そこから当然の所得をする。陽気な楽しい日毎々々の活計のための。

たぶん太古は人間達はそんな風に日毎々々を陽気に暮していたのかも知れない。どうも秩序がなくては共同生活に困るというので、社会生活というものが起ってきて、今度は秩序のために多くのことを犠牲にし、善悪美醜幸不幸、なにがその本体やらコントンとして分ち難い物質精神相食み相重りわけの分らぬものが出来上ったのだろうと思う。人生とは何か、曰く不可解。私の考えでは、不可決というのだ。私は決して家庭が悪いと断言しない。断言できないのだ。この人生に解決があろうとは思わないのだから。

要するに人間には社会生活の秩序が必要であるが、秩序は必ず犠牲をともなうもので、この両方を秤にかけて公平に割りだすような算式が発見される筈はない。要するに今あるよりも「よりよいもの」を探すことができるだけだ。絶対だの永遠の幸福などというものがある筈はない。

私は勤倹精神だの困苦欠乏に耐える精神などというものが嫌いである。働くのは遊ぶためだと考えており、より美しいもの便利なもの楽しいものを求めるのは人間の自然であり、それを拒み阻むべき理由はないと信じている。尤も私は、遊ぶことも、近頃はひどく退屈だ。私の心を本当に慰めてくれる遊びなど、私はこの現実に知らず、又、見出していない。

マノン・レスコオの作者プレヴォは本職はカトリックの坊さんであるが、神、絶対に就て考え、人間の幸福に就て考える一人の僧侶が天性の娼婦を描き、その悪徳を地上の至高の美果の如くに描きだしたということは、或いは大いに自然のことであろうと思う。そしてマノンの天性は又女一般の隠された天性でもあるが、天国の幸福を考える前に人間が地上の幸福を追求するのも自然で、然し、人間は殆ど生れながらにして天国のために地上を犠牲にしているのだが、かかる訓練と習慣と秩序に対して、僧侶自身が反逆し疑うことは思想の正規の発展の段階であり、毫も不自然ではないのである。疑らず反逆しないのが不思議なのだ。

人間の動物性は社会秩序という網によってすくいあげることが不可能で、どうしても網の目からこぼれてしまう。そして我々はそういう動物性を秩序の網にすくいあげることができないので悪徳であるというのであるが、然しその社会生活の幅、文化というものが発展進歩してきたのは、秩序によるよりもその悪徳のせいによることが多いのである。

日本軍部がヨーロッパ文明をさして堕落と称したのも、いわれのないことではない。もし人間が人間の社会性に主点を置き、秩序によって人間を完全に縛りつけようとするなら、それはいわゆる武士道の如きものとなり、人の個性は失われ、個性に代るに制服、たとえば武士という一つの型の制服の中の、いわば人間以外の生物になってしまう。女は小笠原流という礼儀の中の武士の娘であり妻であって、女でも人間でもないのである。そして人間の欲望は禁じられ、困苦欠乏に耐えることが美徳となり、自我でなしに、他に対する忠誠が強要せられる。これは蟻の生活だ。蓋し戦時中ある軍人は蟻の生活を模範とし、その如く働けと言った。

もし人間が自我に就て考えるなら、自我の欲望と社会の規約束縛の摩擦や矛盾に就て、考えるという生活が先ず第一にそこから始まるのは自然ではないか。日本人とても例外ではない。全ての人々が考えるのだ。けれども一般に人々はこう考える。古い習慣や道徳を疑ることは自分の方が間違っているのだ、と。そして古い習慣や道徳に、自我の欲望を屈服させ同化させることを「大人らしい」やり方と考え、そういう諦めの中の静かさが、本当の人間の最後の慰めであり、真善美を兼ね具えたものだという風に考えるのだ。

私は不幸にして、そういう考え方のできない生れつきであった。私は結婚もしないうちから、家庭だの女房の暗さに絶望し、娼婦（マノンのような）の魅力を考え、なぜそれが悪徳なのか疑らねばならないようなたちだった。その考えはいわゆる老成することなしに、益々馬鹿げた風に秩序をはみだす方へ傾いて行くばかりであった。だが、私には分らない。今もって何も分らないのだ。

プレヴォによって発見されたこの近代型の娼婦はその後今日に至るまで多くの作家の作品の中に生育発展し、ユロ男爵の如くそれに向って特攻隊的自爆を遂げる勇士も現われ、その反動の淑徳も亦自ら新に考察せられてきた。尤もドストエフスキーの如く、凡そあらゆる悖徳に就て饒舌すぎる観念を弄しながら、「気質的」にかかる娼婦に多くふれ得ない作家もあり、彼の娼婦は概ね日本一般の常識の如く、貧故に身を売らねばならなかった汚濁に沈む悲惨な運命の子であり、しいたげられ踏みつけられた人々なのだ。稀に賭博者の中の女大学生やブランシュ嬢の如きものも現れても、その天性の娼婦的性格に対して、人間そのものの本質からの誠意ある考察を払っていない。彼は気質的にかかる女の性向と離れており、それ故に彼の観念には多くの甘さのある所以でもある。尤も当時のロシヤは現在の日本の如く貧乏な世界の片田舎で、たとえば文化の庶子であるかかる天性の大娼婦が現れていなかったのも事実であろう。然し、観念は、そういう現実によって限定されるものでもない。

日本では美しいものは風景で、庭などに愛情を傾けるのであるが、人間のノルマルな欲求が歪(ゆが)められ、人間であるよりも諦観(ていかん)自体がすでに第二の本性と化した日本人が、人間自体の美よりも風景に愛情を託したのは当然であったに相違ない。然し、人間にとって、人間以上に美しいものがある筈はない。

マノンはその情夫の青年を熱烈に愛しているのであるが、他の男を媚態によって迷わし貞操を売ることを、貞操への裏切りであるという風な考え方が本来欠けているのである。豪奢な楽しい生活のためには媚態が最高の商品で、その商品としての媚態に対して、最高の商人的な徳義と良心を持っている。その良心は優秀なる媚態ということで、貞操などとは無関係だ。貞操などというものは単に精神上に存在するのみであって、物質としては一顧の価値もない。根柢(こんてい)的な物質主義を基盤として成立っている娼婦の思考は、無貞操ということに罪悪感は持ち得ず、男を無上に喜ばせるということに対して当然にして、莫大(ばくだい)な報酬を要求しているだけのことだ。マノン・レスコオの場合に於(お)ては、その薄命の最後に至るまで変らざる愛人があったが、これはプレヴォ僧正のせめてもの常識的な道徳に対する賄賂(わいろ)であり、世の実相は概ね此の如きものではないだろう。マノンの不貞節は一人の愛人に対する変らざる真実の情熱によって徳義化しうる性質のものではない。もしそれが道義化し得るなら、それ自体の本質によってである外に道はない。

ショデロ・ド・ラクロの「リエゾン・ダンジュルーズ」（危険な関係、と訳すべきか）はかかる天性の娼婦に高い身分（侯爵）と高い教育を与え、マノンに於て盲目的であったことが、最も意識的に、即ち愛の遊戯を明確なる人生の目的とした男女の場合を描きだしたものである。侯爵夫人によれば愛の遊戯の満足は肉慾の充足自体ではなく、そこに至る道程の長い悩殺と技巧と知識の中にあるので、そのためにあらゆる観察と研究が行われているのである。この小説は昭和初年に猥本の限定出版物の中に訳されたことがあるのだが、愛慾に対する追求が誠実であるほど猥本の領域に近づくことは当然で、日本に於ては今日まで訳されて一般に流布する見込みの立たなかった作品だ。私はあらゆる本を手放したときにもこの原本だけは大事に所蔵していたのであるが、小田原の洪水で太平洋へ流してしまった。

かかる人性への追求は永遠に「家庭」と相容れないものであり、その限りに於て不道徳なものであるが、果して「家庭」とは何物であるのか。家庭のために人はかかる遊びへの欲望を抛棄すべきものであるか。思うに我々の陰鬱なる家庭は決してしかくあくまで守らねばならぬ値打を持つものではないだろう。我々の家庭は外形内容ともに尚多くの変貌変質すべき欠陥があり、家庭の平穏に反することが直ちに不道徳を意味することでは有り得ない。

通用の道徳は必ずしも美徳ではない。通用に反する不徳は必ずしも不徳ではなく、かかる通用の徳義に比して、人性の真実というものには如何なる刃物を以てしても殺し得ぬ永遠のいのちが籠っていることを悟らざるを得ないものだ。

欲望は秩序のために犠牲にせざるを得ないものではあるけれども、欲望を欲することは悪徳ではなく、我々の秩序が欲望の満足に近づくことは決して堕落ではない。むしろ秩序が欲望の充足に近づくところに文化の、又生活の真実の生育があるのであり、人間性の追求という文学の目的も、かかる生活の生育のための内省の手段として、その意味があるのだろうと思う。

人は肉慾、慾情の露骨な暴露を厭う。然しながら、それが真実人によって愛せられるものであるなら、厭うべき理由はない。

我々は先ず遊ぶということが不健全なことでもなく、不真面目なことでもないということを身を以て考えてみる必要がある。私自身に就て云えば、私は遊びが人生の目的だとは断言することができない。然し、他の何物かが人生の目的であるということを断言する何等の確信をもっていない。もとより遊ぶということは退屈のシノニムであり、遊びによって人は真実幸福であり得るよしもないのである。然しながら「遊びたい」ということが人の欲求であることは事実で、そして、その欲求の実現が必ずしも人の真実の幸福をもたらさないというだけのことだ。人の欲求するところ、常に必ずしも人を充たすものではなく、多くは裏切るものであり、マノン侯爵夫人も決して幸福なる人間ではなかった。無為の平穏幸福に比べれば、欲求をみたすことには幸福よりもむしろ多くの苦悩の方をもたらすだろう。その意味に於ては人は苦悩をもとめる動物であるかも知れない。

（一九四七年）

二合五勺（しゃく）に関する愛国的考察

元和(げんな)寛永のころというと、今から三百二三十年前のことだが、切支丹(キリシタン)が迫害されておびただしい殉教者があったものだ。幕府の方針は切支丹を根絶しようというのだが、みんな殺そうというのではないので、転向すれば即座にかんべんしてくれるのだから、ひところの共産党の弾圧よりも楽だ。転向してもまだ何年か牢屋(ろうや)に入れておくということはやらぬ。そのかわり転向しないと必ず殺す。懲役二十年、十五年などと細かく区別はつけず、例外なしに殺すのだから、全部か皆無か、さっぱりしていて、われわれの常識では、もっとも大いにあっさりと転向したろうとおもうと、そうではない。何万かの人間がもっとも大いに喜んで殺されたというから、勝手がちがうのである。

この殺しかたにもいろいろとあって、はじめは斬首(ざんしゅ)であったが嬉々(きき)として首をさしのべ、ハリツケにかければゼススさまと同じ死にかただと勇みたつ始末だから、火あぶりにした。苦しめて殺してやれというので、すぐ火に焼けて死なないように一間ぐらいはなして薪をつんで火をつけ、着物に火がつくと消してやって長く苦しめるというやりかただが、苦しむのが一時間から数時間、死にいたるまで朗々と祈禱(きとう)をとなえるもの、観衆に説教するもの、子をだく母は子供だけは苦しめまいとかばいながら、我慢をし、いまにゼススさま、マリヤさまのみもとへゆけるのだからとわが児(こ)に叫ぶ。その荘厳(そうごん)には、観衆にまぎれて見物の信徒はますます信教の心をかため、縁のない観衆も死刑執行の役人どもまで、感動してかえって信仰にはいるものが絶えないという始末であった。

温泉岳(うんぜんだけ)の熱湯責めといって、噴火口の熱湯へ縄にくくってバチャンと落してひきあげ、また、落し、また、ひきあげる。背中をさいて熱湯をそそぐというのもある。熱湯のかわりに煮えた鉛をそそぐのもある。鋸(のこぎり)で、手と足を一本ずつひき落して、最後に首をひくというのもある。手の指を一本ずつ斬(き)り、次に耳を、次には鼻をそぐという芸のこまかいのもある。蓑(みの)踊りと称するのは、人間を俵につめ、首だけ出させて、俵に火をつける。俵のなかの身体が蓑虫のようにビクビクもがくところから蓑踊りと称したという。

最後に穴つるしというのを発明した。手足を特別な方法で後方に縛して穴の中へ吊(つ)りさげるもののようだが、具体的な方式は各人各説、ハッキリしていないようだ。これをやると三四日から一週間ぐらい生きている。そして、変な風にもがきつづけている。妙チキリンなもがきかたで、見ていると、おかしくなり、ばかばかしくなるばかりで、第一、例の祈禱を唱え、説教するための荘厳なるこえがでない。異様に間抜けた呻(うめ)きごえがもれるばかり、およそ死の荘厳というものがみじんもないから、見物の信徒もうんざりしてしまう。そのために、この穴吊しの発明以来、信徒がめっきりと減り、たちまちにして切支丹は亡(ほろ)びてしまったという。もっとも、転向のふりをして踏絵をふみ、家にかえってマリヤ観音にお詫(わ)びをするという潜伏信徒は、明治にいたるまで続いていたのである。

つまり穴つるしという発明によって死刑の荘厳を封じたのが、信教絶滅の有力な原因だったといっぱんに解釈せられているのである。時間の問題もあったであろう。時間に勝ちうる人の心はありえないから。しかし、穴つるしがその時間を早めたことも事実ではあった。

こういう異常な殉教の事実をふりかえると、まるでわれわれは別人種の壮烈な信仰と魂を見るような、手のとどかない感じがする。

ところが幕末になって、欧米との交渉が再開し、日本在住の外人のために天主堂の建設が許されて、第一に横浜に、次に長崎の大浦に天主堂ができた。横浜のはなくなったが、大浦のは現存し（もっとも戦争でどうなったかは私は知らない）、日本最古の教会、また、洋風の美建築として国宝に指定せられている。

この教会は日本在住の外人のためにのみ建てられたもので、日本人の信仰は、依然許されていなかった。もっとも見物は許されて、もの好きな日本人のことだから連日見物人のあとを絶つことがなかったが、それらの日本人にむかって神父の説教は厳禁せられていた。

ある日、十何人かの老幼男女の一団がやってきた。あちこち堂内を見物していたが、ほかに見物人のいないのを見ると、突然プチジャン神父のもとへ歩み寄って、マリヤさまはどこ？　ときく。マリヤの像の前へ案内すると、ああ、ほんとにマリヤさま、ゼススさまを抱いていらっしゃると、なつかしげに叫んだが、やがてみなみな跪（ひざまず）いて祈りはじめてしまった。

彼らがプチジャン神父の問いに答えて告げたことは、彼らは浦上のものであり、浦上の村民のほぼ全数は元和寛永の昔から表むき踏絵をふみ、仏徒のふりをしながら、ひそかにマリヤ観音を拝み、二百余年の潜伏信仰をつたえている、ということだった。話の途中、見物のくる気配につとはなれて、なにくわぬ風をして、かえっていったという。これが日本における切支丹復活の日だ。

この日から、神父と浦上部落とに熱烈な関係ができたのはいうまでもない。そのうちに明治となり、この事実が発覚した。明治政府はまだ信仰の自由を許しておらぬ。例の王政復古というやつで、宗教は神道ひとつ、仏教も潰してしまえという反動時代だったから、切支丹の復活を許すだんではなかった。何千という浦上部落の信徒が老幼男女一網打尽となり、多すぎて牢舎の始末もつかぬから、いくつかの藩に分割して牢にこめられ、とり調べをうけ、棄教をせまられる。

寒ざらし、裸にして雪の庭へ坐らせるなどと相当の拷問もあったようだ。ところが拷問によっては、いっかな棄教せぬ。例の祈禱を唱え、痛苦に堪え、痛苦の光栄に陶酔するもののごとくますます信仰をかためるというぐあいである。ここまでは、元和寛永のむかしとかわらぬ。

ところが、ここに、意外なことが起った。肉体に加えられる残虐痛苦に対してますます信念をかためるごとき彼らが、たわいもなく何百人、一時に棄教を申し出るという思わぬことが起って、役人をまごつかせたのである。

ことの起りは空腹に堪えかねたのだ。そして悲鳴をあげてしまった。身に加わる残虐痛苦にはその荘厳と光栄がかえって彼らを神に近づけてくれたが、無作意な、なんの強要もない食糧の配給に、そして、その量のたくまざる不足に、強要せられずして神から離れてしまったのである。その食糧は決して少い量ではなかった。彼らの配給は正確に一人一日あたり三合であった。役人たちは食物によって棄教せしめることなど空想もしていなかったので、規定通りの三合を与え、頭をはねたりはしなかった。今とちがって、米のない時世ではなかったから。そして、雪の上へ裸で坐らせて、そっちの方で棄教させようと大汗を流していたのであった。

農民は一升めしが普通だという。切支丹農民でも、やっぱり一升めしの口であったのだろう。それにしても、拷問に屈せぬ彼らが三合の配給に神を裏切ったとは夢のようだ。しかし、みじんも嘘（うそ）ではない。「浦上切支丹史」に書かれている事実だ。

二合五勺（しゃく）配給のわれわれはどうにも信じようがなくなるのは無理もない。われわれはつい先頃までは二合一勺だの、その上、その欠配が二十日もつづいていたのだから。しかるにわれわれは暴動も起しておらぬ。拷問よりも三合の米に降参したという浦上切支丹の信仰が、だらしなかったのではなかろう。要するに、戦争というものが、信仰などより、ケタちがいに深遠巨大な魔物であるからに相違ない。われわれは、このふしぎさを自覚していないだけだ。勝手に戦争をはじめたのは軍部で、勝手に降参したのも軍部であった。国民は万事につけて寝耳に水だが、終戦が、しかし、自分の意志でなかったという意外の事実については、おおむね感覚を失っているようである。国民は戦争を呪っていても、そのまた一方に、もっと根柢的なところで、わが宿命をあきらめていたのである。祖国の宿命と心中して、自分もまた亡びるかも知れぬ儚さを甘受する気持になっていた。理論としてどうこうということではない。誰だって死にたくないにきまりきっている。それとは別に、魔物のような時代の感情がある。きわめて雰囲気的な、そこに論理的な根柢はまったく稀薄なものであるが、ぬきさしならぬ感情的な思考がある。

家は焼かれ、親兄弟、女房、子供は焼き殺されたり、粉みじんに吹きとばされたり、そういう異常な大事にもほとんど無感覚になっている。人ごとではない。自分とて今日明日死ぬかも知れず、いな、昨日死ななかったのがふしぎな状態を眼前にしながら、その戦争をやめたいと自ら意志することは忘れていたのである。

忘れていたのではない、その手段がありえなかったからあきらめていたのだといっても、同じことで、要するにあきらめていた。勝手に戦争をやめ、降参したのは、まさしく天皇と軍人政府で、国民の方はおおむね祖国の宿命と心中し、上陸する敵軍の弾丸、爆弾、砲弾の隙間をうろうろばたばた、それを余儀ないものに思っていたのだ。

もとよりそれは本心ではない。人間の本心というものは、こればかりは分りきっているのだから。曰く死にたくない、ということ。けれども、本心よりも真実な時代的感情というものがある。人の心には偽りがあり、その偽りが真実のときは、真実が偽りでありうることもある。人の心は儚い。心の真実というものが儚いのだ。

戦争中のわれわれは、ただ宿命の子供であったから、それで二合一勺ぐらいの配給に不足もいわず、芋だの豆の差引だの、欠配だの、そういうことに不平や呪いがあるにしても、同時にあきらめていたのである。不平や呪いは自我のこえであるが、自我はすでに影であり、宿命の子供が各人ごとの心に誕生して、その別人が思考し、生活していたからであった。

戦争は終った。しかし、戦争の宿命の子供は、まだわれわれの自我と二重の生活をしており、主としてわれわれはまだ今日も宿命の子供で、ほんとうの自我ではないらしい。それは当然の話で、われわれの周囲は焼け野原であり、交通機関はヨタヨタし、要するに、バクダンはなくなったが、まだわれわれはまったく戦争の荒廃の様相のなかにいるからだ。われわれはあきらめているのだ。いな、われわれ自身が考えるさきに、われわれの心のなかで、別人があきらめてしまっている。戦争に負けた。ない袖はふれぬ。二合五勺の、それに芋がまじっても、仕方がない、と。

戦争中そうであったごとく、われわれは今もなお、自我よりもむしろ宿命の子供であり、祖国の悲劇的な宿命に自ら殉じているのである。だからわれわれは、二合五勺に芋がまじっても、暴動も起さない。われわれすべてが、殉国者である。

残虐無慙な拷問に堪え、嬉々として命をささげた魂が、三合の配給で神を裏切ったという。拷問のかずかずとその殉教のはげしさ、その歴史的断片だけをきりはなすと、われわれのぐうたらな生身のからだは手がとどかなくなるのだけれども、実は彼らにも、やっぱり、ぐうたらな生身のからだがあったのである。

そしてわれわれの世代には、信教のためではなく、祖国のために、何百万かの人々が死んだ。彼らは必ずしも嬉々としては死ななかったに相違ない。あるものは大いに祖国を呪いながら死んだかも知れぬ。それはおそらく切支丹の殉教の際も同様であったに相違ない。なかには神を呪いつつ死んだものもありえたはずだ。そして彼らがもし生き残れば、復員してヤミ屋となったり、泥坊になったかも知れず、それが切支丹の場合であっても同様に棄教してなにものになったかわからない。

三合の空腹に神を売った何百人かも、もし食物に困らなければ、拷問に死んで殉教者となったかも知れぬ。しかし、われわれが、現に二合一勺のそのまた欠配つづきで、祖国を裏切っておらぬことだけはまちがいがない。つまりわれわれは、過去の歴史が物語るもっとも異常、壮烈な殉教者よりも、さらにはなはだしく、異常にして壮烈な歴史的人間であった。

しかしわれわれはその異常さも壮烈さも気づきはしない。なぜならわれわれの日常はぐうたらで、ヤミの買出しにふんづかまってドヤされたり、電車のなかで突きとばしたり、突きとばされたり、三角くじを何枚買ってもタバコがあたらず女房になぐられ、その日常の生活からは、異常にして壮烈なる歴史的人格などは、いっこうに見当るよしもないからである。

しかし、われわれが日本カイビャク以来の異常児であり、壮烈児であることはまちがいがない。なぜなら、切支丹は三合で神を売ったが、われわれは二合一勺の、そのまた欠配つづきでも、祖国を売らなかったからである。この事実は、すべて公平な歴史となったときに、後世が判定してくれるはずである。

歴史と現実とは、かくのごとくに、全く質がちがっている。現実というものは、いかなるときでも、いっこうに自らの歴史的な機会のごときものを自覚しておらず、つねに居眠ったり、放尿したり、飲んだくれたりする、ただの人間であることを免れず、ぐうたらでだらしがないものだ。歴史の人物は歴史の上で、歴史的にしか生活していないが、現実の人間というものは、主として夫婦喧嘩だの、三角くじの残念無念だの、酔っぱらって怪我をしたのと、あさましいことばかりで、二合一勺のそのまた欠配つづきでも祖国を売らなかった歴史的美談のごときは、みずから意志した気魄のあらわれではなかった。彼らは配給の行列で配給係のインチキを呪ったり、ときには大いに政府の無能を痛罵して拍手カッサイしている自分の方を自分だと思っており、カイビャク以来の大奇怪事を黙認して、二合一勺のそのまた欠配だの、焼けだされの無一物に暴動も起さぬ自分を自覚してはいない。そしてかかる無自覚な面が歴史的に復活して、思いもよらないカイビャク以来の愛国者になるであろうということなどは、もとより夢にもおもわない。

現実はかくのごとく不安定ではあるが、また、不逞にして、ぐうたらで、健康なものだ。歴史は病的なものであり、畸形で、歪められているのである。すなわち、歴史的事実だけで独立して存し、特殊な評価を強いている。

それは歴史のみのカラクリではなく、現実もまた歴史化することが可能だ。軍神などというものをデッチあげて、歴史化する。美談はおおむね歴史化であり、偉人も悪党も、なべて同時代の人間の語りぐさもあらかたそうであり、ぐうたらで、だらしがないのは自分とその環境だけ、そして環境をではずれると、現実もまた、歴史的にしか実在していないものだ。

　私は本来世に稀れなぐうたらもので、のんだくれで、だらしがないから、切支丹の殉教の気魄などは大いに怖れをなして、わが身のつたなさを嘆いていたのであったが、この戦争によって、にわかに容易ならぬ自信をえた。それは要するに、例の二合　勺と切支丹の三合に瞠目した結果にほかならぬのだが、私といえども、二合一勺のそのまた欠配つづきでも祖国を売らなかったカイビャク以来の歴史的愛国者であることを自覚したからであった。

　思えば私は面白がって空襲を見物して、私自身も、火と煙に追いまくられて逃げまわったり、穴ボコへ盲滅法にとびこんで耳を押え、目を押えて突然神さまを思いだしたり、そういうことも実際はさして身につまされておらず、戦争中も相かわらずつねにぐうたらで、だらしがなかった。

　それにもかかわらず、戦争というやつは途方もない歴史的な怪物、カイビャク以来の大化けものであったに相違なく、諸方の戦地で何百万の人々が死んだが、私自身の周辺でも四方の焼跡で、多分さほど祖国も呪わず宿命的、いわば自然的に、ただ焼け死んだ大きな焼鳥のような無数の死体も見たのである。吹きちぎられた手も足も見たし、それを拾い集めもした。まったく無感動に、今晩の夕食の燃料のために焼跡の枯木を盗みにゆくよりもはるかに事務的な無関心で、私は死体を見物し、とりかたづけていたのである。

　そのこと自体がカイビャク以来の大事であり、私自身が、歴史的な一大異常児であることを、そのときどうして気づきえたであろうか。私はただ、ぐうたらな怠けもので飲んだくれで、同胞の死体の景観すらも酒の肴（さかな）にしかねない一存在でしかなかった。その私すらしかし、歴史的異常にして壮烈な愛国者として復活しうるという、歴史のカラクリと幻術を、私は今、私自身について信じることができる。

　私はしかし歴史の虚偽を軽蔑（けいべつ）しようとはおもわない。知識ほど不安定なものはないからである。文化人よりも未開人の方が安定しているに相違ない。都会人よりも農村人の方がより少ししか戦争の雰囲気や感情にまきこまれなかったに相違ない。そのかわり終戦後の変化にも、都会人はすぐ同化しえても、農村人はなかなか同化しないに相違ない。文化的に未開なものほど安定しているものなのだ。

　歴史も知識の所産であって、したがって不安定で、必ずしも歴史的に安定するという絶対性をもつことはできぬ。その意味において、歴史的虚偽は虚偽なりに、われわれの現実とも相応しているからであった。そしてわれわれの現実は、これまた、安定してはおらぬ。知識はつねに不安定で、つねに定まる実体がない。

私はしかし、そういう屁理窟はとにかくとして、私がカイビャク以来の愛国者で、二合一勺のそのまた欠配つづきに暴動ひとつ起さなかった歴史的人格の一人であったという発見に大いに気をよくしているのである。

そればかりではない。私は今もあいにく生きているゆえに天下に稀れなぐうたらものであるけれども、三四年前戦地にあれば殉国の愛国者でありえたかも知れぬ。いな必ずありえたはずである。私は今朝の新聞に、カラフトの郵便局の九人の女事務員が、ソビエト軍の攻撃に電信事務を死守し、いよいよ砲弾が四辺に落下しはじめたとき、つぎつぎに服毒しておのおの部署に倒れていったという帰還者の報告を読んだ。もしも殉国の九人の彼女らが今日もなお生きていたら、今日なにものとなっているか、その想像を怖れる必要はないのだ。人間はそういうものだ。歴史的美談を怖れる必要もなく、また、われわれの現実のぐうたらを怖れる必要もない。すべては同じもの、人間、ただ、それだけなのである。

だから私は近ごろでは、もう切支丹の殉教の気魄などにはいっこうにおどろかず、善人だの忠臣だのにおどろかず、あべこべにたいへんな鼻息で、ときには御機嫌のあまり、「日本の悲惨なる敗北と、愛国者坂口安吾氏の偉大なる戦記」などという一大叙事詩をものしてやろうかなどと途方もない料簡を起したりする。

算術の達人があらわれて、浦上切支丹の三合と、私の二合一勺との歴史的価値の差異軽重について意外な算式と答を見つけだしても、私はいっこうに悪びれないのは、私は算術の公式にない詭弁の心得があるからで、曰く、私は私だ、ということ、つぎに、すべてはただ人間だ、ということ、これである。

されば今日二合一勺のそのまた欠配に暴動を起さなかった諸嬢諸氏すべて偉大なる殉国者であり、その愛国の情熱はカイビャク以来のものであることを確信し、今日諸嬢諸氏の現身がいかほどぐうたらでもだらしなくとも、断々乎として、自信、自愛せられんことを。げに人間はぐうたらであり、偉大であります。

（一九四七年）

詐欺（さぎ）の性格

私は戦争まえまではヤミという言葉を知らなかった。知らないということは情ないことで、私の青年期はヨーロッパでは前大戦後の混乱をへて、どうやら立ち直りかけたころ、ニュースに文章にインフレや道徳の混乱はウンザリするほど扱われていたが、戦争と死、戦争と陰謀、そんなことは考えてみても、インフレとヤミ、戦争になると百姓がもうかる、小説で読んでもピンとこない。全然読まないと同様、素通りしていたようなものだ。文学だの人間だの、人間探究のと云いながら、そして、戦争という大きないくつかの事件に就て史書を読んだりしながら、戦争の裏側の人間生活にヤミという奇怪な取引関係がつきまとっていることを想像すらもできなかった。

大化の改新によって国分田という制度ができた。すると脱税や使役をのがれるために戸籍をごまかしたり、逃亡をやり、税のかからぬ寺領や貴族領へのがれたり、または私田を寄進したりする。こうして荘園が栄え、貴族栄華の時代が起り、農民は又、さらに脱税のために管理者とケッタクして、武家時代をもたらしたという。

そういう歴史を読みながら、戦争まえの私には、やっぱり激しくひびかない。

中世に座というものが起った。猿楽座とか銀座もたぶんもとはその意味であろうが、職業組合みたいなもので、つまり自分らの権利を他からまもる同業者の徒党的結成であり、この土地は自分らの販売の縄張りというものを一方的に勝手につくって、それを侵害する他の業者を迫害する。

こう書くとまるで無頼漢の徒党と同じことで、あっちのマーケット、こっちのマーケット、みんな縄張りがある。パンパンガールにまで縄張りがある。こういう風に言うと職業組合をヨタモノの縄張りとはと怒る人があるかも知れない。私も昔はこんな風に悪くは解釈しておらぬ。こういう中世の組合はマルクス先牛の資本論という本などにも頻りに現れる言葉であるから、私も襟を正して謹聴し、かりそめにもヨタモノ的結合などと邪推したためしはなかった。

まったく戦争という奴は、人間ばかりじゃない、学問だの教養だの、一切合財、カミシモをぬがせてしまう。サムライも戦争になるとカミシモをぬぐけれども、サムライというヨタモノと違って、学問などというものはヨタモノではない、生れながらの紳士だと考えていたから、カミシモをぬぐ筈はないと安直に思っていた。これが、つまり平時の心、昔の人はうまいことを言った。タタミ水練(すいれん)というのである。私のようなのがタタミ水練で、カミシモを疑うことを知らない、戦争を知らないからで、知らない、ということは、情ないことだ。

私はオヤオヤこれはヒドイと思ったのは、国民酒場の行列で、ヨタモノが前の方を占領し、タライ廻しにする。けれども、このときは、まだ気がつかず、これはヨタモノのやることだと軽く考えていた。そうじゃない。

愈々(いよいよ)タバコが少くなり、どこの店でも時間をきめて売るようになると、未明から行列する。私など、七時に売るというのに、四時から行列して買えない。勇猛心をふるい起して三時に並ぶ。ようやく一つ買える。けれども二三日すると、もう二時に列(なら)ばないと買えなくなってしまう。

なぜ私が買えなかったか。私はつまり隣組共同戦線に敗れたのである。朝の三時といえば全然まっくらで、列んでいても、私の前後の人間のうごめきだけしか分らない。ともかく然(しか)し私は二十番目ぐらいにいる。みんな見たところヨタモノじゃなく、オジイサン、オバアサン、オカミサン、女学生、私をのぞくとヨタモノみたいなのは一人もいないから安心だと思っていると、そうじゃない。夜が明けると来るわ来るわ、後へ並ぶ人間より前へ割込む人間共がはるかに多い。

オバサン、こっちよ、私たちの隣組、ここよ、と言うと、アア、そうか、案外うしろの方だね、などと言いながら、前後左右から一人三人、たちまちにして私は百番目以下になってしまうのである。

ここに至って、私は座の起源というものに新認識を加え、これはヨタモノの縄張りと同じものである。もっとも、組合や座がヨタモノの集りだというのじゃなくて、人間窮すればみんなヨタモノである、ヨタモノの縄張りの精神に帰する、要するに、然し、窮しているからだ。

タバコが豊富にあれば、隣組座というようなものができて行列の座、まことにこれ座ではないか、文字通り座席である。座や権利を主張するには及ばない。

昔も窮していたのだろう。徒党を組んで共同戦線をはらないと、やって行かれぬ境地にあったに相違なく、然しその結成の由来に於ては パンパンガールの縄張りと変りのある筈はない。

だから読者諸君、銘記したまえ。戦争以来、日本は目下、中世なのである。つまり我々は父祖伝来ゆずり伝えたカミシモをつけ、もう電燈もガスも鉄道もある、道義も人情も仁愛もある、法律もあり統制された秩序もある、だから中世じゃない、こう考えて、そのカミシモを疑ることを知らなかった。

このカミシモが今日まで伝承完成するに千年ほども時間がかかっているのだから、これはもうカラダの一部分だというぐらいに誰しも考えていたのであったが、アニはからんや、戦争が二三年つづくと、千年の時間がアッサリ消えてもとに戻り、我々はもうカミシモを身につけていないことに気がついたわけだ。

カミシモは時間によって、はかるべからず。私が時間を疑ることを知ったのは、戦争のせいだ。私も青年時代はエチカだの中観論(ちゅうがんろん)などを読んで、過去も現在も未来も疑ることができるが、疑ることのできないのはある一つの実在だけだというようなことを尤(もっと)もらしく考えることを鵜(う)のマネしたが、私は今はもう唯物論者(ゆいぶつろんしゃ)であり、然し、唯物論者も、歴史や時間を唯物的に疑ることができる、イヤ、疑らねばならぬ、そんなことはテンデ考えてもみませんでした。まことに、どうも、知らないということは情ない。私はつまり戦争を知らなかったからである。

目下の我々のモラルや秩序や理念だけでは、人間は窮すると中世になる。この逆転を支えるだけの実力がない。

共産党は元々カミシモを持たないから、率直単純に中世で、共産党の組合の指導法というものは、一方的に座の利益を主張するものだから、やっぱり隣組のタバコ座やラク町のパンパン座と本質に於て変りはない。

私は中世は好きではない。隣組のタバコ座は好きではないのだ。私がかのオバリン座に常に惨敗のウキメをみたヒガミではないのである。

然し、窮すれば、中世になる。この転落を防ぐ真に実力ある方法は、目下のところ、モラルや理論ではどうにもならず、窮しなければ中世にならない。それ以外には別に方法もないように見える。

窮すれば中世になるということは、窮しなければならないということで、だから目下、ヤミ屋は中世ではなく、常にブルジョアには中世の精神は分らない。不思議にも、ブルジョアならぬ私、常に窮していた私が、尚かつ平和時代に於ては中世の精神をさとるに至らなかったとは、まことに意外千万だ。

私は然し、常に窮しながら、あえて中世に節を屈しなかった私の方に、いくらか取柄があるのだと考える。

一方的に自分の利益だけを主張する、ということには、これを自分一人でやる場合には非常に勇気がいるのである。ところが徒党を結んでやる場合には、全然勇気がいらない。

孔子もキリストも古代の思想で、これは人間一個自立自存の思想であるから、男猛心を代償として尚かつ我利我利亡者であるべきかという豪傑と仁義に関する思想であり、さすがに中世ともなれば進歩したもので、勇気などは初めからもうアパパイで、狡智(こうち)、策戦、たちどころに徒党を結んで、商人は商人の座、工人は工人の座、パンパンはパンパン座、オカミサンは隣組座、みんなこれをやる。キリストが原人的であるのに比べると、孔子はよほど社会人的であるけれども、徒党精神の味方ではない。

私も中世を好まない。中世よりも古代、原人の倫理を好み、中世に復帰するなら古代に、まず原人に復帰したいと考える。カミシモをぬぐなら、カミシモだけぬいで中世にとどまるよりも、フンドシまでぬいで原人まで戻ろうというのが私の愛する方法だ。

私が未明の二時三時に行列して一個のタバコが買えなかったころ、隣組座の横暴もあったけれども、又一方には百個のタバコの五十個を店主が知人やオトクイに流すということも公然のことであった。然しこのころはタバコ屋はまだヤミをやってはいなかった。ヤミ値で売ってるわけではなく、知人への義理人情、オトクイへの義理人情、そういう性質のものであった。

戦争中はまだ旧秩序への復帰ということが前提されていたから、オトクイはやがて再びオトクイとなる、知人はやがて恩を返す、そういう未来への打算があったのであるが、今はもうオトクイは破産し、知人もヤミ屋となり、旧秩序への復帰の前提が失われたから、みんな中世の座をくんだり、野武士となったり、それぞれ中世の方式通りに活躍遊ばされておる、クモは生れながらにして巣をくむが、人間は戦争に負けると、おのずから中世となる。蜂須賀小六（はちすかころく）はもう八方に野武士から一国一城のあるじとなりかけているのである。

パンパン座やマーケット座や隣組座や従業員組合座が中世的であるとすれば、ヤミ屋は個人的である点で、まだ、いくらか古代的であり、原人の勇猛心を必要とする。けだし古代というものは、人間がその原罪とか悪と戦ったもので、人間はすべて罪人であり、救世主に縋（すが）らずして自らの罪を救い得ぬ迷える羊であるけれども、中世の徒党精神には原罪がきれいに切り放されており、自らの罪を自覚する必要もなく、ただ自分の権利を主張すればよい。だから従業員組合座もマーケット座も原罪の自覚などに関するところは毛頭ないが、ヤミ屋の方は古代だから罪と争う。大いに勇猛心がいるのである。

ヤミ屋がいいか、座がいいか、いったい、どっちがいいのであるか。両方ともに、よろしくない。しかし、ともかく、黒白をつける必要があるではないか。

★

狸御殿の殿様は法廷でうまいことを言っている。殿様曰く、自分は商品を納める約束で金を貰った、たまたま当にしていた紙がすぐ手にはいらず、約束を履行しないうちに捕まっただけで、もうちょっと時間があればやがて約束を履行し得た見込みであり、したがって、合法的な商取引であり、たまたままだ約束を果していなかっただけのこと、サギではない、と。

然し法廷というところはトノサマの胸を解剖して心理を判断するという直接の方法を用いる術のないところで、人間の心理は、こう思った、思わなかった、それを直接つかまえ突きとめるという術はない。

だから側面から調べる。トノサマがどこそこの倉庫に紙があると云った、その倉庫に紙があり、それをトノサマが動かす力があったか、もしあればトノサマはいつか約束を履行するつもりであったかも知れない。倉庫に紙はなかった、そうなるとトノサマは怪しい。けれどもトノサマは倉庫に紙があると信じていた。そして信ずべき条件が揃っている、たとえばトノサマは誰かにだまされ、そこに紙があるものと思いこまされていた、そうなるとトノサマはサギ師でなく商取引の約束をまだ果していなかった、それだけだ、という弁解が成立つ可能性がある。

　世耕事件の静岡の糖蜜問題がこのデンの好見本で、世耕氏へこの情報がくるまでに有村とか、佐伯、宮川、米本、渋谷、前田、永田などとリレーがあり、結局モトは矢島松朗というサギ師の組んだ仕事で、矢島のいう砂糖は実在するものではなかったが、三宅男爵という架空の人物や一条公爵などという名が利用されて効果をあげ、人々はその品物が実在するものだと信じていた。つまり矢島だけがサギ師であり、他の人々はサギにかかった被害者だということになる。

　このサギの性格は、又、これを利用するに大いに便利で、つまり倉庫に商品がないと分っていても、あると信じる条件がありさえすれば、自分にサギの意志はなかったと弁解できる性質のもので、世耕情報以来ブローカーの暗躍がものすごかったというが、要するに商品は実在しないのである。然し、私は実在すると思った、あの男からきいたから。その男は又、私は別のあの人からきいた、私も実在すると思っていた、みんな、こう答える。実在すると思いこんでいたとなればサギではないと言い張る方便があるから、人からきいた、そして信じた、みんなカンタンに信じた信じたと言う。

　だからブローカーは現物など問題じゃない、情報を信じることが大切で、情報がうまく出来ていれば金になる、この連中は法律の知識もあり、罪にならない条件をなんとか用意する策戦はぬかりなく心得ている。

昔からありふれたのに手金サギというのがあったが、近ごろのは全額前払い、そう変っただけなのだろう。

昔は物が有り余っていたから、商人は売りこむのに苦心サンタン、たいがい勘定はアト払いで、手金などタカの知れたものだから、こんなサギはお歴々はおやりにならない。ちかごろは前代議士とか、取締役社長、そういう然るべきトノサマがやる。トノサマとは何ぞや。だから私が前章に於てルル申し述べてある通り、目下は中世でマーケット座、隣組座、野武士、群盗の世界であって、もうトノサマはおらぬ。残念ながら人間もおらぬ。組合員はおるけれども、人間はおらぬ。中世に逆転したが、古代には逆転しなかったからである。

マーケット座の社長が代議士に当選すれば言うまでもなく代議士ではないか。マーケット座の社長は落選したが、これに類する社長が代議士に当選したのは今までに例の多いことであり、選挙というものはバカバカしいものだ。

然し代議士に限らない。万事センデン、粗悪品でも一応はセンデンでうれる。商業もそうであり、売薬、映画、化粧品、小説も御同様、みんな一代議士と変りはない。

然し、いくらセンデンしても、本当に粗悪な商品は結局うれなくなる。蚊の落ちない蚊トリセンコウ、火のつかないマッチ、こんなものは人は買わない。配給だから泣き寝入り、目下中世であるから、政府も地頭と変りはなく、申すまでもなく野武士の一味で火のつかないマッチを買わせる腕力があるのである。

隣組座のオバサンたちには石ケンやマッチの粗悪品はすぐ分るけれども、代議士の粗悪品は分らない。婦人代議士がとたんに三十何人もできあがる。各人一票の公平なる選挙、あんなヨタモノが代議士になるとは、ああなんたることか、そんなバカな大衆の投ずる一票の責任をも余が負わねばならぬか、と云って怒っても仕方がない。

社会生活とはそういうものだ。オレはエライと思う。大衆はバカだと思う。ちょっと理窟屋の日本人はすぐそう考えて、世をガイタンし、拙者の選ぶものが正しいとくる。たちまちファッショである。

オレが果してなぜエライのか。少しばかりケイザイの本をよみ、歴史をよみ、政治に就て信ずるところがある。だからエライ。狸御殿のトノサマの陳述と同じことだ、胸を切りひらいて、エライかエラクないか、判定するという術はない。

そんなアイマイなことよりも、オレよりも大衆がエライという事実を知ることが大事だろう。古代の農民が税や使役と戦い、悪戦苦闘、流浪逃亡、戸籍をごまかし、それが結局に於て権力を左右する結果となっている。貴族が栄え、やがて衰え、武士が起った。農民の脱税行為が実は日本の歴史を動かしていた。大衆とは、そういうものだ。

狸御殿のトノサマも、そのうち代議士ぐらいになるかも知れぬ。トノサマがなるというのは大衆がさせることでもある。トノサマだから参議院かも知れぬ。それでいいではないか。なぜいいか。大衆が選んだ、そして、そうなったから。

自分一人がエライと思うな。オレはエライ、大衆はバカだ、そんなことを言う奴は、私はキライだ。そういう奴はすぐ道徳的、一人よがりの顔をし、権力をふり廻し、小役人根性を現し、ファッショとなる。誰もエラクはない。

戦争中は四王天というユダヤ退治の中将が日本一の票数で代議士になった。それでいいではないか。大衆は権力に追いまくられ、その命にただこれしたがい、左へ右へ、たよりない。けれども結局は権力にもみぬかれている大衆が、権力をうごかしている、そういう姿が現れてくる。歴史というものの姿である。

大衆とは何であるか。政治も知らぬ。文学も知らぬ。国の悲劇的な運命も知らぬ。然し大衆は生活している。

ウマイモノが食べられない。そんな日本は負けてなくなれ。大衆はそういうものだ。日本が亡(ほろ)びてもウマイモノがたべたい。あの人と一緒にいたい。

その大衆は又、あの戦火にやかれ、危く生き残って、黙々、嬉々たる大衆である。彼らの生活力は驚くべきものだ。この欠配に、どうして生きているか。生きているではないか。誰も革命は起さない。平然と生きている。生きられる筈はないではないか。額面通りなら、どうしても、死なねばならぬ。政治などは何のたしにもならぬ。平然として生きているものは大衆である。

オレはエライ。大衆は何たるバカだ。そういう者は再び東条英機となるだけだ。その部下のモロモロの小役人になるだけなのである。

正しい思想というものは、オレと大衆の優劣感のあるところから生れたものではあり得ない。大衆の代りにブルジョアがあってもならぬ。つまり、ただ人間、キリストは原罪をとき、孔子は生活の原理に仁を見た。ともかく人間から出発しなければならぬ。何千年逆転してもかまわぬ。モロモロの何千年の時間、カミシモはすべてムグであったと見なければならぬ。

大衆は原人であるか。原始人ではない。又、原人でもない。つまり中世的原人だ。貴族の権力に追いまくられて脱税逃亡、戸籍をごまかし、供出をごまかし、あらゆる手をつくしてゴマカシまわり、徒党をくんでタバコを買い占め、パンパン座をつくる、根は中世的原人で、電燈とガスがなければローソクと薪で間に合い、人生それだけのものときまればそれだけで済む、自ら電燈もガスも発明することのない中世紀人である。

然し、インテリも、文明知識をひそかにタノミとしていたが、戦争に負けてみると、やっぱり中世の人間にすぎないことが明らかとなった。

やっぱり中世にもインテリはいたし、善人もいた。ユダヤ博士はキリストに呪(のろ)われ、善人どもは親鸞(しんらん)の一喝(いっかつ)をくらい、善人なおもて往生をとぐ、危いところで素懐(そかい)を遂げさせてもらうことができたという始末なのである。

ユダヤの博士というのは、まア今日では哲学博士になるのだろうが、親鸞の危く往生をとげつつある善人というのは、今日で云うと、やたらに眉(まゆ)をしかめて、道義のタイハイを怒り呪い、ヤミ屋を憎み、パンパンを憎み、エロを憎み、グロを憎み、ストライキを憎み、聖人たるものから憎みが多くてはこまる、けれども、憎まずにいられぬ、善人ともなれば心は大いなる憂(うれ)いに閉され、悩みの休まる時はない。

新憲法で、サムライと町人の区別がなくなり、宮様もなくなった、みんな人間だ、天皇も人間だ。みんなそうだと思っているが、みんなそうだと思っていやしない。

先(ま)ず新聞を見る。サギの容疑者、前代議士何々氏とある。ピストル強盗容疑者何々、とある。善いことをした人でも、会社員以上は何々氏、運転手なら何々君、とある。

そこで正義派のインテリ先生がフンガイに及んで、氏と君の区別は何ぞや、と怒る。悪漢に氏とは何ぞや、悪漢はヨビステにしろ、代議士でもヨビステにしろ、善良な市民はみんな氏をつけろ。

なぜ犯罪者をヨビステにしなければならぬか。犯罪は憎むべきである。然し、罪を犯さぬ人間がおるか。隣組座もパンパン座も神の座席に於ては同じ罪人ではないのか。ヤミの米を食うことも罪ではないか。万人がヤミの米を食う、そうしなければ生きられない、そうしなければ生きられないなら罪を犯してもいいか、それは罪ではないのか。

あらゆる人間というものが、あらゆる罪人を自分の心に持っているものだ。小平も樋口も我々の心に棲んでいる。時々はいささか突拍子もない事件がある。ある母親がママ子を殺し、実子と共に、ママ子の肉を三日にわたって煮て食ったという、こんな犯罪はアタシたちはやらないね、こんな鬼はアタシの中に住んでいませんよ。然し貴嬢の仰有るのは犯罪の問題じゃない。誰でも人間の肉が食いたいと思うわけじゃない。食用蛙の嫌いな者はどうしても食いたくない。食欲を感ぜぬ。これは味覚の問題だ。犯罪の問題ではない。犯罪は誰の心にも住んでいる。

人間はみな同じものだ。総理大臣が片山氏なら、盗姦殺人小平氏、死刑になっても小平氏でなければならぬ。東条英機氏でなければならぬ。

人間性は万人に於て変りはない。罪人に於ても聖人に於ても変りはない。この自覚の行われざる社会に於て、いかなるカミシモをつくりだしても、折あれば中世の群盗精神へ逆転する、それだけのものにすぎないのである。

私はいわゆる人情という奴が好きでない。私はタバコの行列で、人情的横流しと隣組座の横暴になやまされたが、私の近所の病人の爺(じい)さん婆(ばあ)さんのやってる一番小さなタバコ屋、配給がよそが五百、少くて百というのに三十だの二十しかないような店、ここの老人がどういうわけだか私に同情して、ある時私にソッと云った。いつでもおいで、キンシをとっておくから、と。そして又、どこが悪いのかネ、と云ったが私は返事をしなかった。

私は病人ではなかったけれども、戦争中はまったく栄養失調だったかも知れない。何一つ特配というものがない。主食にカボチャや豆ばかり食い、一ケ月に一度イワシを食べさせてもらえば大したものだという状態で、タバコ屋の老人は私を病人と思って大いに同情をよせてくれたものらしい。

私はタバコは欲しかったが、同情にすがるだけの勇気がない。悪意ならまだ貰ってやるという気持になれるが、人情にはついて行けない。ヤミ値なら、私の日頃用いるところだけれども、尤も当時はヤミのタバコを買うほどの金もなかった。

このタバコ屋の老人に関する限り、私への同情は極めて純粋なものだった。私がどこの馬の骨だか、住所も名前も職業も知りやせぬ。ただ病人らしさと貧乏らしさに同情してくれただけの、恩を売って為にするというようなところの何もない性質のものだった。

ヤミ値なら応じうる、為にするつもりならそれに応えることによって取引しうる。純粋な同情にはこっちがハニカミ、恐縮するばかり、一般に文士などという私らの仲間はみんなそんなものじゃないかと思われる。

私が親切な気持に応じなかったものだから、その後、風呂へ行く老人などにたまに会うことがあると、私をジロリと見て顔をそむける。まことに、つらい。

私はこういう素朴な人情は知性的にハッキリ処理することが大切だと考える。人情や愛情は小出しにすべきものじゃない。全我的なもので、そのモノと共に全我を賭けるものでなければならぬ。さもなければ、人情も愛もウス汚くよごれているだけのこと、そういう気分的なものは、ハッキリ物質的に換算する方がよろしい。

だから私はこういう人情の世界に生きるよりも、現今のような唯物的な人間関係の方が生き易い。タバコを横流しにするなら、人情的に公定価で売るよりも、ハッキリとヤミ値で売ってもらう方がいい。どっちも罪悪であるが、善人的に罪悪であるよりも、悪人的に罪悪である方がハッキリしており、清潔である。

法律は公価で人情で流す方を軽く罪するであろうが、神前の座席に於ては軽重のある筈はなく、善人的であることによってわが罪をも悟らぬというその蒙昧は、これも亦、さらに一つの罪であるから、私はハッキリ悪人的に犯罪する方が清潔でいいと考える。蒙昧は罪悪である。善人的蒙昧は罪が深い。罪は常に自覚せられなければならぬ。

人が自らの利益のみを一方的に主張するには勇猛心がいる。然し徒党をくんでこれを為す時には勇気はいらぬ。隣組座、マーケット座、この組合的結合には、やっぱり善人的蒙昧がある。他の立場に対する省察、自我、我慾、罪への批判、全般的情勢に就ての公平なる観察、それらのものは、もはや必要ではない。それらのものが有るならば、人は勇気なくして我慾を主張しうるものではない。

即ち既に中世より、古代より、かかる善人はたくさんいた。善人尚もて往生を遂ぐ、即ち危く素懐をとげる、いわんや悪人をや。

わが罪を自覚する故に、悲愴に又勇猛心をもって悪へ踏みきる罪の子は、神前の座席に於ては善人よりも愛せられるのである。

ヤミ屋が横行する、善人が貧乏する、不思議な世だ、道義タイハイ、末世の相だというけれども、我々は今初めてそうなのではなく、元々それだけの中世人でしかなかったので、往時は電車が混雑しておらなかったから押しとばし突き倒す必要はなかった、米はいくらもあったからヤミ屋はなかった、その代り働いても食えない人間や働きたくても働く口のない人間があったが、当時はヤミをやればすぐ食えるという便利な道がないからクビでもククルより外に仕方がなかった、そういうわけで、ヤミ屋という職域がなかったからヤミ屋がいなかっただけで、ヤミ屋をやりたい人間がいなかったわけじゃない。

物資があり余ればヤミ屋はなくなるにきまっている。電車が混雑しなくなれば誰も押しとばしやしない。自然そのままで、人為的なところはない。タイハイでも何でもない。自然現象のようなものだ。

返事の仕方がおくれた、ちょッと言いよどんだと云って兵隊をヒッパタク、蹴とばす、そういう秩序の方がよっぽど道義タイハイじゃないか。権力によって人間を征服し飼い馴らす秩序が何物であるか。

ヤミ屋だのパンパンだのと敗戦の天然自然の副産物は罪悪的なところは殆(ほとん)どない。我々小人の日常には、やむを得なければ立小便もやる、急ぐ時は信号を無視してかける、ヤミ屋やパンパン程度の罪は万人が殆ど例外なく犯している。

これにくらべれば、自ら大罪を自覚して犯しながら美名をつくることを知り、法律の裏をくぐる用意を知り、権力を利用することを知り、依存することを知り、国法を利用することをも知る、政治家の罪悪などは比較にならぬ悪ではないか。

世耕事件は今日に始まるサギの性格ではない。いつの世にも、サギはあのようなものであり、政治の裏側には似たようなことが行われていた。

マーケット座の親分が一千万円献金して公認候補になったという。そういう事柄がサギの母胎ではないか。サギの性格を助成するものが政治の在り方ではないか。パンパンやヤミ屋を憎み咎(とが)める声は巷(ちまた)に溢(あふ)れているが、かかる政党の在り方を呪う声は殆どない。なぜであるか。権力ある者は、その子供の罪まで警官が見逃すという、日本人は昔から泣く子と地頭に勝たれぬ、権力崇拝家であり、さればこそ権力には盲目的に屈服し、したがって又、自らが権力を握れば、これをふり廻して怪しまない。

私のところではノベツ停電するから、停電を何より怖(おそ)れる私はガスもでず薪もないが電気コンロを使わせない。すると未明に私の家の塀を破って持って逃げる奴がある。

まったく無理もなかろう。然し、塀を破られてはコッチも困るから、ガラリと窓をあけてコラと云ったら逃げること逃げること、私は朝まで起きているから、あんな乱暴な音をバリバリ、とたんに分る、慌(あわ)てて盗む初心者にきまっている。窮すれば、ぜひもない。

然し、窮すれば是非もない、というので罪を犯すことは許されない。だから、犯人は雲を霞(かすみ)と逃げる。仕方がネエや、盗む方が悪いか、と云って私に食ってかかりやしない。

けれども、電燈をとめているオカミの方では、石炭がない、水量がない、ないものは仕方がない、窮しているから是非もない。あたりまえだ、という。

米がない、ないから仕方がない、欠配だ、という。泥棒は居直らず逃げるけれども、オカミは居直る。狸御殿のトノサマは約束の品物を渡さないカドによってサギだというが、オカミは約束の品物をくれない、金はとらないからサギじゃないのかな、然しサギの性格で、尚その上に、自らの罪を自覚することを知らず、国民に耐乏をとき、道義のタイハイを説教することも忘れない。

役所のやることに不服があって役所へ談判に行くと、こっちは知らない、もっと上の役所からの指示だという。

軍服事件だの何々事件の連中も、私は知らない、あの人があの倉庫にあると云った、だから有るものと信じた、と云う。サギ事件、役所の役人、同じ性格じゃないか。どこにも道義など有りやせぬ。

パンパン、ヤミ屋と、オカミのやることと、どっちが道義タイハイしているか。パンパンをやるには勇気がいる。ヤミ屋となるにも勇気がいる。罪や転落と戦う大勇猛心がいる。役人にはいらぬ。役所という座席に坐る（すわ）ことによって、罪を自覚することもいらないばかりか、わが欠配を強要し、それに服せざることが悪徳であると言うことすらできる。

私は然し、それが大罪だと云うのではない。大罪ではない。自らの罪を自覚せざる点に於て、隣組座やマーケット座と同じ罪であり、自らの罪を自覚して自らの心と戦うヤミ屋やパンパンより、ちょっと悪いだけである。

ヤミ屋は敗戦後の産物だが、政治家になると金がもうかる、これをヤミだとは昔は言う言葉がなかったが、これもヤミではないか。正規の取引関係、税務署の台帳にのる所得じゃない。さすればヤミ屋というのは昔から別のところにちゃんと存在したことで、今日道義がタイハイしたわけではない、昔からタイハイしていた。昔から中世であった。中世のまま、借り物のカミシモをきていただけで、中味は変っておらなかった。

国全体がサギの性格であり、ヤミの性格、パンパンの性格にすぎないようなものではないか。

璽光様の性格と天皇の性格にも変りはない。戦争中カシワ手をならして国民儀礼をやり、電車の中で人の尻ごしにペコリと宮城へ頭を下げる、今どき直訴する者がある、米を献納する者がある、これを美談だという。この性格と璽光様とは変らぬ。

我々中世人日本の国はまだ自らの蒙昧を自覚するところにも至っておらぬ。蒙昧とは罪悪であることも自覚されず、人間を、又その原罪を自覚することも始まってはおらぬ。

自らの罪深き心を自覚することなくして、我々が中世人から脱することはできやしない。私も亦親鸞にならって言うことを辞せぬ、敗戦後の日本に於て、タイハイしているのは善人どもだ。パンパンガールよりも日本の役人の性格、善人の性格の方がタイハイしている、日本一国のモラルや秩序そのものがタイハイしている。

自らの罪人たるを自覚せずして、真実の思想も理想も有り得るものじゃない。

（一九四七年）

ヤミ論語

世は道化芝居

自宅へ強盗を手引きした青年があったと思うと、人数も同じ四人組で自宅で強盗した絹香さんという二十一の娘が現れた。

トリスタン・ベルナールの作品だかに、知らないウチは勝手が分らぬ、それに見つかった時、変テコリンで困らア、というので知人のウチへ稼ぎにはいるマヌケな素人泥棒の道化芝居があった。

これも一つの心理であろう。知らないウチは確かに勝手が悪い。知人のウチは勝手がわかるが、自分のウチなら、これは気心が知れ、これぐらい心易いところはない。

元々不良少年少女の悪のはじまりは、自宅の物を盗んで小遣いにするのが型であるが、いよいよ本職にと発心して、しからば、気心知れたわが家へ、となるのは不自然ではない。

道化芝居というものは、有り得べくして、有りうべからざる珍妙のために、人々が笑ってくれて成り立つものであるが、ちかごろは、道化の題材が普通の現実になった。

エエイッ、死んでもいいや、というので、怪しきアルコールをガブリとやってオダブツとある。悲愴(ひそう)であるが、新派悲劇じゃなくて、道化芝居のネタである。

国会で小便をおやりになる。元大臣が天プラ御殿の主人となり、かねて気心知った る官僚高官がヤミ天をおあがりになる。世耕情報、尺祭り、節電盗電、日本は目下、あげて道化芝居である。

帝銀事件で十二人死んだ。強盗が何人殺した。然(しか)しボロ電車が予定によってヒックリ返ったり火をだしたり、何人殺しても、こういう予定の殺人は何んでもないことになっている。愉快な殺人ルールである。

説教強盗氏が世相をガイタンされて、昔の盗人は仁義があった、とおっしゃる。盗人の仁義というイロハガルタはなかったが、これをマジメに書く新聞記者の頭がおかしい。

道化的なるものをマジメに扱い、世相に意味をもたせて強調するから煽(あお)るだけの話で、道化に仕立てる、悪事の荘厳(そうごん)や現実感がなくなるから、素人は魅力を失う。

昔、キリシタン退治の頃、信徒をハリツケ、火アブリにかける。堂々と刑死するから、見物人や処刑の役人まで切支丹（キリシタン）になる者が絶えなかったが、穴つるしという珍妙な処刑を発明したら、見物人、ウンザリして、それ以来、信徒になる者がなくなった。然し、道化的なるものを道化的に見出（みいだ）すためには、教養がいる。また、道化の反面にある正理を愛する信念と情熱もいる。

道化日本の第一の欠点は、教養が足りない、ということだろう。論語めかしくいうなら、自分のウチへ盗人にはいる奴（やつ）が悪いのではなくて、そういうことは落語の中の熊公（くまこう）だけしかやらないものだと認定することの出来ない、余裕とユーモアのない時代の心が悪いのである。

帝銀事件余談

帝銀事件犯人の似顔絵の発表は無理だろう。昔さる新聞社の入社試験に、講師が一席弁じ、ひきさがってのち、講師の人相服装を問うたら、正解がなかったそうだ。何十人に素顔をさらしたところで、何十人の印象を合計して正解のでる性質のものではなく、似て非なる架空の何者かを現実的にデッチ上げて、それに限定を加えるだけ、事態をアイマイにしているようなものだ。レッキとした犯人の写真があって、それを辻々の高札にするのとは根柢的に性質が違っているのである。

警察が民主的になったので、昔のように容疑者を一々ブタ箱へ入れて取調べる便利がなくなったので、捜査がおくれて困るという。すると、輿論の多くが、そうだ、そうだ、遠慮なく昔にかえれと言いかねない有様だから、ものすごい。

帝銀事件の犯人が早くつかまるということよりも、人権を尊重するということの方が、どれだけ大切なことか分らない。この二者は比較を絶しているものなのである。帝銀事件の犯人のタイホがおくれてもよいから、人権を尊重するという国風は断じてこれを守り、確立しなければならない。

かりそめにも警察当局たるものが、人権尊重のためにタイホがおくれるなどと口実をつくるのは奇怪であり、かかる暴論に対して非難の輿論が起らぬという日本の現実は悲しむべき貧しさである。

密告歓迎などというのも、またひどい。脱税の密告、イントク物資の密告、政府は密告の国風を熱情をこめて作りつつあるもののようだが、脱税やイントク物資よりも密告の国風の方が、どれだけ祖国を害い、祖国の卑劣化をもたらすか分らない。

密告歓迎だの似顔絵の高札などは江戸時代の岡ッ引の智慧でやったことで、近代に於(おい)ては警察の基礎も文化の在り方の一つでなければならぬもの。一人の犯人をつかまえるよりも、人民保護という原則の確立の方が大切であろう。

昨年のことだが、強盗にやられた家へ警官がとびこんだ。犯人を追っかけ廻して時間がかかったために、助かるべき被害者の手当がおくれて死んだことがあり、この警官が、被害者を殺したよりも犯人を逃したことを残念がっていたという記事があった。この警察の在り方についても輿論の反響はなかったようだ。

帝銀事件の犯人のタイホがおくれてもかまわぬ。民主警察の確立、岡ッ引根性の絶滅の方がどれだけ重大だか計り知れない。

ストその他

私の四囲の小資本の出版業者などでは、編輯者(へんしゅうしゃ)の給料が千八百円を下まわるようなところまである。あんまり気の毒で、せめて三千円ぐらいなけや生活できないからと私が社長にかけあってやったこともあった。

こんな小会社では争議を起せばクビになるばかりだから、争議も起されぬ。これは気の毒なことである。

反対に、全逓などというところは、ストが有力な武器になる。そこでストをやる。問題は、この連中がもしストが武器にならずクビになるだけなら、ストはやらないということだ。当然の要求もできないというのも良くないことだし、ストを武器に便乗するというのもよろしくない。

大切なことは、主観的ではいかぬ、自分の立場を客観的に考えて見なければならぬ、ということだ。

問題は、要求と、労資双方の折合う場との客観的な妥当性にあるのだから、ストは絶体絶命の最後のもので、調停が中心問題だ。調停裁判というような国家的に構成された大組織も必要であるが、労資双方の立場に客観的な考察を払うことが必要で、現在のストに欠けるものはこれであり、主観一方に盲動しているとしか思われない。

ストを武器にすることは、最後の最後のものである。小資本の会社では、ストをやるとクビになる。クビになってもやる。これは絶体絶命の時だ。ストを武器にする時も、それと同じ絶体絶命のものでなければならない。

現実の世相に最も欠けているものは、自己を客観的に考察することの不足である。自己をも現実の種々相をも、またその関係をも、客観的に、また、唯物的に見ることの欠除である。みんなが、無自覚、無批判に我利々々でありすぎる。

特に集団的にそうなり易いもので、ストの性格がそうである。反面には、官僚、為政者の在り方自体がそうで、買い手のないタバコを押しつけて、威張りかえって、イヤならよせという、まさしくファッショそのものの堕落タイハイの限りをさらしている。

裁判でもそうだ。先日、大学助教授のマジメらしき医者が、死体の腹部に赤子死体をぬいこんだ事件など、起訴にならなかったが、私には、検事の主観的考察にかたよったもので、裁判本来の性格を外れたものに思われる。

私は思う。現実に堕落タイハイとよぶべきものは、かかる主観性の安易な流行である、と。パンパンなどは、まだしも、自ら正義化していないから罪が軽いのである。

子供の智慧

イノチ売りたし、という人が名古屋に現れて流行の兆あらわれ、銀座にも、イノチ売りたしのビラをはった、二十五の元少尉が現れたそうだ。

イノチが本当に買えるわけはないのだけれども、買い手が何人も現れるというから、あさましい。子供たちはクビだのイノチを賭けたがるもので、やい約束だからクビをよこせなど、ケンカに及んでいるものであるが、ちかごろは大人が子供の智慧ぐらいのことを本気でやってる始末である。

八十万円をサギでまきあげた女事務員があれば、十四で十万円をもって逃げた少年もある。

帝銀事件の犯人などはゴマシオ頭のくせに、たった十六万ぬすむのに十二人も殺している。智慧のないこと甚しい。ちかごろ大流行のスリは、たいがい子供の仕業という話であるが、何ケ月も練習して、十二人も殺してたった十六万ぬすむ、同じぐらいの練習でスリの方がもっと稼ぎがあろうし、後もつづくというものであるが、子供に及ばぬ智慧のない先生である。

インフレ時代というものは、怠け者とか子供とか、正常では生活能力のない人間が生活力がある仕組で、ちょッと右から左へ物をうごかすと、勤労者の一ケ月の給料ぐらいが、すぐもうかる。正常時の正常人の智慧はもう散々の敗北で、子供の智慧におよばないという次第である。

先日、詩人の江口榛一（えぐちしんいち）が酔っ払って帰れなくなり、新宿駅前の交番へ泊めてもらって、居合した浮浪児とだき合って一夜をあかしたそうであるが、翌朝帰るときに、浮浪児が、オジサン電車賃ないんだろう、これやるから持ってきな、といって十円くれたそうだ。

江口君大感激して、お前はいい子だなア、どうだ、オジチャンの子供にならないか、ウチへこないか、というと、交番の巡査がふきだして「江口さん、浮浪児の五、六人養っておくと、あなたは寝ていて食べられますよ」と言ったそうだ。

子供の方が、どうやら生活力のある御時世である。住むに家なく着る物もない人間が、はるかに余裕ある生活を営んでいる。九ツぐらいの子供が悠々とタバコをお吸いになって、十円めぐんで下さるのである。

然し、これを要するに、ひとたび混乱期にぶつかるや、生活拠点も思想信念も見失い、礼儀も仁義も見失って、子供の原始そのままの生活力や仁愛にも敗北してしまう平常時の訓練や教養というものが、つまり何か大事な心棒が欠けていたのだということと、これを知って出直すことが目下我々への最大な教訓じゃないかと思う。

大衆は正直

街頭録音の農林大臣が、私もヤミ米を食べていますと言って群集の歓呼をうけた。

大衆は理論はないが、正直なものだ。日本の政治家は自分はヤミをやらないような顔をして政治を押しつけていた。それで国民が納得できるものではない。

然し、農林大臣の正直らしい告白も、大臣としてでなく私人としてヤミをやっている、とあっては怪しいものだ。私人の腹の裏側に大臣という霞を食う腹があるのかな。このアイマイな表現から察せられることは、窮余の告白であるにすぎず、ヤミをやらずに生きられぬ現実のマットウな認識には欠けており、つまりこの現実の矛盾を合理化する政策の成算はもたないことが察せられる。大衆の歓呼の悲痛に切実な現実を三思して、ハッタリから着実な政策へ、心魂を捧げてもらいたいものだ。

職業野球が大衆の興味をあつめはじめている。大衆は正直である。時代の嗜好がスポーツへ動くわけではない。職業野球の内容が充実したから、大衆の興味があつまるのである。

将棋がそうだ。

木村が十年不敗のころは、老朽八段をズラリと並べて、一向に大衆の注意をひかなかった。升田が現れ、頻りに新人の擡頭があって、大衆は正直に惹かれるのである。

将棋の不振のころは、碁の方がまだしも呉、木谷ら新人の活躍で大衆の注目をあつめていたが、目下はサンタンたるもの。それも当然のことで、本因坊戦などという一家名を争うなどとは滑稽奇怪というほかはない。家名が意味を失った時代ではないか。

実力第一の呉清源をはぶいて、手合を争ったところで仕方がない。呉を加えて名人戦をやるべし。名人位を中国に持ってかれてもよいではないか。

他の異国のスポーツにおいては、各々異国の名人位に挑戦しようとしているのである。碁の初代名人が中国にとられる。おのずから、碁の世界化ではないか。実力なければ仕方がない。ケチな根性をすて、むしろ碁の世界化をめざして呉を加え、坂田、梶原を加えて、名人戦を行うべき時代であろう。

大衆は正直なものであるから真に興味を惹かれるものにだけ、惹かれるだけの話だ。エロにまさる他の充実した興味がなければ、エロの流行も仕方がない。エロのボクメツとはムリで、他の充実した何ものかが必要なだけだ。高級にして充実した興味の対象が現れれば、エロは自然に場末へ追いやられる。エロの禁止は逆効果を現すばかり、自然に場末へ追いやられたとき、大衆の生活は健全となっているのである。

チークダンス

チークダンスの実況写真が某紙にスッパ抜かれて、ダンスのタイハイここに至る、ホール業者、ダンス教師、御愛好の男女代表、ダンサー、文部省、警視庁、御歴々が御参集あって協議あらせられたとある。

この写真に見参するまで、私はもっぱらカストリなどにかかりきっていて、チークダンスという言葉も知らなかった。一見したところ、ダンスじゃなく、やや交合に近接した領域のもので、女学生、女事務員とおぼしき方々がしかと男にしがみついて恍惚のていでいらせられる。さる夏の日、ウチの池で蛙のむれが交合し、恍惚と浮沈しつつあったのを思いだしたが、あれよりも、ギゴチない。そこが人間のユエンかも知れん。

この写真を見た同じ日、友人が北斎の猥画をもって見せにきた。一しょに歌麿を五冊見せてくれたが、歌麿があたりまえの猥画にすぎないのに比べると、北斎には絵の鬼の凄味がある。人体を描いたアゲクが、そこまで描かずにいられなかった鬼気をはらんだものである。猥画ではなく、人間を描いた絵画であり、絶望感に色どられていた。

北斎は交合を描いて猥感を拒否しているが、これは作者の魂の深さと、趣味教養によるものであろう。チークダンスは、ダンスを踊って交合の低さとワイセツでしかない。蛙のそれよりも、スマートさに於てやや劣るところがあるだけである。

密室でやることを、人前でやってるという性質のものだ。政府はさきごろ軽犯罪法なるものをつくって、こういうことを取締る量見であるが、密室でやってることなら、人前でやっても仕方がなかろう。密室の生活がワイセツの低さでしかないせいだ。つまり我々の多くが、男女関係というと、チークダンスのようなことにしか主点がない。夫婦関係の幅も高さもそれぐらいのものにすぎないのだ。表向きは亭主関白とオサンドンとの関係であり、裏面ではチークダンスの関係である。そして、子供ができる。それを育て愛するに動物本能の関係である。

密室だろうと表向きだろうと、犯罪は犯罪、無罪は無罪であろう。北斎は密室を描いてもワイセツの低さはなかった。趣味教養の然らしめるところである。

悪趣味や無教養というものはフンジバッて、牢屋(ろうや)へ投げこんでも、どうなるものでもない。チークダンス愛好家は悪趣味、無教養というだけのことであるから、その対策はフンジバルこととは別だろうと私は思う。

密室を高めなければダメなのである。

講談の世界

賭場(とば)を襲った強盗がある。十五万円と腕時計を六ツぐらいはぎとって、金モウケはこういうグアイにやるものだ、バクチなんてケチな金モウケをするな、と一場の訓辞をたれて引上げた。賭場の胴元は口惜しくてたまらず、涙をのんで訴えでて、バクチの方の御常連十四方は仲よくジュズツナギにならせられたという。泣きッ面に蜂であるが、自分たちがジュズツナギになることよりも、復讐の一念がより大きな願望であったとすれば、このへんの幸と不幸、満足と不満足、損とモウケ、心理を加味した如上の計算はまことに複雑をきわめ、正解をひきだす算式はたぶん発見できないだろう。

然し計算というものは精神の平衡状態において算出されるものであるが、賭場の一味には「口惜しまぎれに」という平衡を失した異常心理がはたらいており、だから益々計算の方途を失う。要するに、結果は、どんなにリュウインを下げてみても、後悔、つまり後悔ということは、計算法の出発点がまちがっていたという意味なのである。然し、それでも、訴えない方が利口であったという結論にはならない。心理の計算はむずかしい。

近ごろの世相は兇悪犯罪が増加しているけれども、ともかく犯罪が悪事であること、犯人が己れの悪と戦っている苦痛の心理はあるはずだ。文学に於ても、罪人がその罪と戦うことは常識であるし、一般世間の常識に於ても、罪人がその罪と争うことは当然とされているものである。

ところが江戸時代の一種の文学である筈の講談という世界には、正しい罪の解釈がない。罪の自覚に妥当な内省や計算が加えられていないのである。殿様のお手打であるとか、新刀をもとめての辻斬であるとか、賭場荒しであるとか、仇打ちであるとか、それらのことは正常の罪の自覚とは別の場に於て物語化され、人情化されて語り伝えられているのである。

講談は今もなお語られ、そして語られるということは、大衆に支持されているということだ。支持するとは、その講談の場に於て尚大衆が生活しつつあるということである。

ヤクザの世界は今も講談そのままであるが、一般大衆にも、やっぱり講談の場と通ずる底辺があるはずだ。

その歴然たるショウコには裁判がある。同じ人殺しでも、ヤクザの人殺しは、特別の観点、つまり講談の場から解釈せられて、特異なものに扱われ、多少は罪が軽いようだ。つまり裁判においてすら講談の場が、一応その正常性を認められているのである。講談の場は決して正常ではないはずである。

今日の犯罪増加の一因には、我々の日常生活に残存する講談性にも原因があろうと思う。

男女同権

さる小学校に宴会があった。女の先生方がオサンドン代りに食卓の用意をさせられ、あまつさえ酔っ払った男の先生から侮辱的言辞をあびせられた。気を悪くした一人の女先生が山川菊栄(やまかわきくえ)部長にこの話をつたえたから、部長は男性の横暴増長に胸をいためられて、男女同権未(いま)だしと怒りの一文を草せられた。くだんの小学校に於ては、酒席の内輪ごとをみだりにアバイタ曲者(くせもの)であると、全先生満場一致、くだんの女先生に退職勧告を決議あそばした。重ね重ねの増長傲慢(ごうまん)に山川部長はゲキリンされて、小学校へのりこんで校長先生に厳談されたが、校長先生の答えられるには、満場一致という民主的解決であるからと仰(おお)せられ、女史のお叱(しか)りに服する気配だになかったという話である。

私たち文士仲間にも女流作家という方々があって平等に手腕をふるっていられるが、小学校の先生方にくらべると、見識が低いようだ。

なぜなら、宴会ともなれば女中代りに料理を運んで下さったり、取り分けて下さったり、オシャクして下さったり、すすんでいろいろと下々の立居振舞をなされる。酔っ払った我々が無礼な言辞を申上げても、ゲキリンして一文を草されたという話もきかない。

私は元来、中性という新動物の発生は極力これを阻止したいと念願するほど教養の低い男であるから、山川菊栄部長の識見には理解のとどかぬウラミがある。だから私は、御婦人というものは、宴会ともなれば、オサンドンの代りをさせられるものではなくて、すすんでして下さる性質のものであり、又、酔っ払いの男などより教養も高く、情意もひろく寛大であるから、暴言などは許して下さるものだろう、とアベコベな風に考えていたのである。

私は帝銀事件の犯人が怖い。青酸カリをのんでバタバタ倒れる人々を冷然と見ている姿を考えると、いささかゾッとするのであるが、火事です、消防署へ、という電話をうけて、スト中だからダメです、とスイッチをきったという交換嬢の姿を考えると、帝銀の犯人よりも、もっと怖ろしくてもっとビリビリふるえあがってしまうのである。だから私は、満場一致女先生の退職勧告を決議したという先生方の怖れおののく気持にはいささか同情をもつのである。

馬鹿殿様観念論

京大生が共学の女学生に心中をせまって拒絶され、メッタギリに刺殺したという事件が起った。新聞紙は概ね共学による新問題として執りあげているが、所詮男女のあるところ恋愛は自然のことであり、恋愛をただちに不義とみる日本古来の思想が正理でない限りは、恋愛事件が共学に影響をもたらすことは有り得ない。問題は加害者の恋愛態度だ。

朝日新聞の報ずるところによると、加害者はその動機を、唯物論と観念論にまよい、救いを八重子との恋愛にもとめたが、幻滅を感じ、八重子を殺すことによって完全な救いが得られると信じた、と語っている。

これだけの報道で事件を批判するのは甚だしく不完全であるけれども、空転する観念から殺人という行動へ飛躍し、その飛躍をさらに理論づけようとする現代の観念論の不備については厳しく批判する必要があるだろうと思う。私がドストエフスキイやジイドに不満を感じる最大の点もそこであった。

現代の観念論は観念にかたよりすぎているから、飛躍を合理化せざるを得ないのであるが、恋愛から殺人へ、社会への不満から殺人へ、武力革命へというような飛躍は、合理化し得ざるものである。なぜなら、事の四周には無数の関係があり、事の上下には無限の段階が有るはずであるからだ。

現代哲学の観念論は、この無数の関係や段階を観念的に処理する原則的方法については考究するところがあるけれども、実人生においては個々の関係や段階に即物的に処理せざるを得ないもので、哲学の説くところはその原則的方法だけだ。個々に直面して即物的に処理せざるを得ぬ実人生の厳しさを忘却して平然たる馬鹿殿様ぶりであるから、恋愛から殺人へ、そしてそれを合理化しようとする無暴な空論を時に神聖視して怪しまない阿呆なことが横行する。古代人の奇蹟が現代の観念論の中にだけ実在しているのである。

観念論の虚しさに共産党へ走った出隆教授の飛躍にも、私はその根柢に観念論だけで育った人のもつ思索の不備を見る。恋愛から殺人への飛躍の不備と同じ不備を見るのである。

実人生への関聯、これを私流に云えば、文学との関聯、つまり個々に直面して即物的に処理せざるを得ぬ現実への厳しい目配りを没却して、無為に観念のみを弄ぶひとりよがりの学究態度というものの幼稚さをさとるべき時代であろうと私は思う。

スリと浮浪児

私の外套のポケットは内側から切られている。スリの仕業である。私はこの冬外套の内ポケットへ入れておいた金を二度スラれた。出版社から受取ったばかりの印税をみんな持って行かれ、坂口さんはマヌケだなア、わかりそうなものだがなア、などと笑ったその出版社の連中が、今では一人のこらずスリの被害をうけて、カバンをやられてフロシキ包みをブラさげて御出勤の者、腕時計をやられた者、蟇口組、外套組というのもある。外套をスラれるというのは珍しい。

この五日にも、さる出版社の連中六人がやられた。社の会の帰途十時ごろ、神田駅のプラットフォームで集団スリにとりかこまれて、集団タックルの波状攻撃をうけて全滅したのである。プラットフォームにはほかに乗客もたくさんいて、このギャングどもをどうすることもできないとは、悲しい。その翌日、偶然その社へ立寄ったら、我々もついにギャングに襲われる身分に立身しまして、などとシカメッ面で力んでいたが、おかげで私の原稿料は当分支払い延期ということになり、誰が被害者だかわからない。

私の知人でスラれていない人間は先ず見当らないのであるから、東京都の住民はスラれない人の方が珍しいのかも知れない。

集団スリの一味四十二名がつかまって、手先の大部分は浮浪児だ。

そこで問題はスリという犯罪よりも浮浪児の救済処置が重大な課題となるのであるが、収容所へ送っては逃げられ、同じことを繰返しているのが現状のようである。

浮浪児は一日千円のカセギがあって、サシミやスシを食い、ウナギや洋食や支那料理で満腹しているから、収容所で特別三合の配給を与え、オヤツをだしてやってもダメだという。

今までサシミやウナギを食っていたから、特別三合配給してオヤツもやるということが変だ。そういう論拠では、結局スリをやらせて洋食で満腹させなければ救済できないということになるだけである。

浮浪児とか集団ということから、彼らを無個性な一括的なものとしてうけとることがマチガイで、むしろ集団ということが彼らを最も害している。彼らをうけとる態度には、特に個性的な注意が必要である。

長野県では、県の全寺院が二三名ずつの浮浪児を育てる里子運動が起っているというが、未開時代に僧侶が知識人の代表的なものであった時と異り、今日の僧侶は特に知識人でも教育者でもなく、むしろ時代の迂遠者であり、寄食的生活者にすぎない。浮浪児の養育を私人にまかせることも文化的なことではない。

大予算をさいて強力な研究機関と教育施設をほどこすことが必要であろうと思う。

家族共犯の流行

親子強盗、一家ケンゾク集団空巣、農村はもっと派手で、近在の百姓さんで、本妻から妾にも動員を発し、さらに娘の情夫も動員して、仲良く荒し廻っていたのもあった。

この風潮は今後もより多くあらわれるだろうと私は思う。昔は一家の中で悪意を起す誰かがあれば、誰かしら理性の抵抗を起すはずだ。今はそれがない。

私は帝銀事件の犯人などにも、同様な家族的掩護があるのじゃないかと考える。たとえば五十年営々と零細な貯蓄をして老後の安穏を願っていた人とか、親ゆずりの多少の家産でともかく今日まで平和であった平凡な家庭などで、虎の子を戦火にやかれる、肉親の誰かを戦野で失う、政治を呪い世を呪う事々の呟きが次第に一家の雰囲気をつくり、性格をつくって行くのである。

そのうちに、女学校を卒業した娘たちは、親の昔の夢想では平和な結婚生活に入るべきものを、それもかなわずダンサーなどにならざるを得なくなる。そして男と泊り歩くようになる。せっかく大学へあげ、末を楽しみにしていた息子も学費がつづかずヤミ屋なぞをやって、遊興を覚える。お父さんもゴロゴロねてばっかりいて娘や息子を食い物にしないで、ゼイタクがしたかったら、自分も稼いだらどう。強盗でも人殺しでも、なんでも、いいじゃないの。どうせヤブレカブレの世の中じゃないか。

こうして、一家の雰囲気が犯罪に同化し、やがて、事もなく犯罪そのものとなって行く。戦争さえなかったら平凡に終った筈の一家が思いもよらぬ犯罪へ傾いて行く。かかる事例は極めて自然に起りうるはずだ。

軽率に道義のタイハイを難ずるなかれ。戦争といえば、それ一億一心、民主主義といえば、ただもう民主主義、時流のままに浮動して自ら省みる生活をもたない便乗専一の俗物に限って、道義タイハイなどと軽々しく人を難ずるのである。

そのよって来たる惨状の根本を直視せよ。道義復興、社会復興の発想の根柢をそこに定めて、施策は誠実に厳粛でなければならぬ。

毎日十時四十分かに品川駅へシベリヤからの引揚者がつく。マイクにニュースに、やたらとセンチな感情的情景を煽（あお）る。そして、ただ、それだけのことではないか。寛永寺の一時寮へあずける。そして、ただ、それだけではないか。やがてその誰かがパンパンとなり、親子強盗となって行く。

引揚者や浮浪児の社会復帰に対しては、政府は大予算をさいて、正面から当らねばならぬ。ヤミ利得などを追う前に、戦争利得をトコトンまで追求して、復興に当るべきであった。これを要するに、道義のタイハイも、その発頭人は政治の矛盾貧困と言わねばならぬ。

青年は信頼すべし

学生窃盗団、ダンスホール御乱行組、学生への非難の声もにぎやかである。

この戦争の初期のころにも、兄弟たちが戦時に血を流し、工場に農村に同胞が全力をつくしているのに、学生は野球にふけり、映画見物に憂身(うきみ)をやつしている。学生といえば国賊のように罵(ののし)られて、時局認識がないことを叩(たた)かれていたものである。

そのうちに学徒出陣ということになり、学徒挺身(ていしん)隊の出動となり、戦地に工場に学徒の戦果がつたえられ、昨日の国賊があべこべに救国戦士の第一線におかれて、新聞の記事は学徒の謳歌(おうか)で賑(にぎわ)うこととなった。

あの年齢は、時代に敏感で、最も順応的なものであるから、学生の行状はこうだ、不勉強で遊んでばかりいて怪しからん、そういう非難が風潮をなすに至ると、学生自身がその風潮に自分を似せて、それを合理化しようとするものだ。悪い学生はいつの時代にもいるのであるが、一部のために全部が汚名を蒙って、そのために、他の学生まで、それに似せ、それを合理化しようとする。輿論は屢々かかる罪を犯しがちなものである。

特に今日のような畸型な社会生活の上では、学生というものが、畸型になるのは当然で、父兄が俸給生活者である限り、学費は十分では有り得ない、学生は父兄のヤミに依存するか、自らのヤミで自立するか、畸型化せざるを得ない筈で、一般の給料が家族の食費にすら不足の今日、学生という自足できない一団が畸型児の第一線を占めるのは当然だ。

いったいが、日本では、家庭にも学校にも娯楽というものが殆どない。娯楽というと、家庭や学校を離れて、野放しのものとならざるを得ぬ。今のように一般生活が貧困をきわめている時に、家庭の娯楽といってもムリのようであるが、娯楽というものを家庭の日常必需品と同様、主食同様、欠くべからざるものと見る生活態度の確立が必要である。

学校もそうだ。設備が不完全なくせに、学生を入れすぎる。学問と共に娯楽を与え、よき娯楽設備をもたねばならぬ。スポーツを選手でなく学生一般のものとし、映画や劇場やダンスホールぐらい備えた学生ホールが常備されるべきであろう。

男女共学からくる恋愛の如きものを怖れる必要はない。時に間違いは有りがちにも、恋愛そのものが間違いではないのであるから、青年特有の正義心を信頼し、夢多き年代の特質を生かしてやる思いやりが欲しいものだ。

応援団とダラク書生

一部の素行よからぬ学生のため、大学内に自治運動が起りつつある由であるが、自治がどのような方法で行われるのか、自治運動が学生の私設憲兵化をまねかなければ幸いである。

先日散歩していたら、ラジオ屋の人だかりにぶつかって、私も五分ばかり慶明戦の応援団の熱狂ぶりをきいた。昔ながらのものである。こういう応援団が学生らしい学生で、応援団長とか幹事とかが特に健全なる学生なのかも知れないが、自治運動の親分がこの種の連中だとすると、私は素行よからぬ学生に同情したくなるのである。

だいたい応援団の雰囲気というものは、教練よりも、もっと好戦的なものである。スポーツそれ自体の性格とは違っている。スポーツは喧嘩と違って、文化的なものであり、勝負はあっても、理智も節制もある娯楽であるが、応援団は喧嘩に属する性格である。ユーモアを解する精神もなければ、プレーをたのしむ精神もなく、好戦的な熱狂だけが全部である。この種の愛校心と、ファッショや右翼団体的な愛国心とは同じ偏したものだ。批判精神などミジンもない。

私は強いて悪童に味方をしたくはないのであるが、こういう応援団の秩序の中へ参加して、キチガイめいて白雲なびくなどと声をからしている連中にくらべると、こんな仲間に加わらずに、ダンスホールへもぐりこんでいる悪童の方が、まだしも人間らしく見えるのである。

悪童の性格には、ともかく個性とか個の自覚とか多少の自主性も見られるけれども、応援団の性格には、ファッショ時代には急進的ファッショとなって声をからし、民主時代には、とたんに民主人民となって片棒かつぐ時流のまにまに批判も反省もないデクノボーの性格しか感じられないのである。

応援団的学生が、学生の輿論をつくって悪童を裁いたり怒鳴りつけたり学生の本分を説いたりするのが学内自治と称するものなら、私は悪童の堕落よりも、自治の堕落の方が悲しむべきことだろうと思う。

過渡期に現れる一部分の悪現象から、徒(いたず)らに旧秩序への復帰を急ぐのは危険であり、そこには進歩というものを期待することができない。

私は、旧秩序への復帰を正理とする人々の方が不健全、畸型なファッシストに見え、それにくらべれば、過渡期上の一部の悪現象は、まだしも、健全に見えるのである。そこを通して、新たなより高い生活がやがて結ばれるであろうからである。

私は強盗学生や桃色大学生が好きではないけれども、応援団的学生の自治精神はそれ以上に嫌いである。

慈善と献金

元伯爵(はくしゃく)の子供が窃盗罪でつかまったら、引きとって更生させたいという志願者が殺到したそうだ。元華族らしき女人をはじめ裏長屋のオカミサンに至るまで、いずれも御婦人方であった。

華族崇拝だの封建性だのと目クジラだてて民主ヅラをひけらかすのは当らない。英雄崇拝や美女美男崇拝はどこにもあることだ。阿部定(あべさだ)さんの出所をまって結婚したいと申しこんだ勇士はたくさんあった筈であるし、伯爵令嬢でなくとも、美少女の万引犯に引取って更生させたいと申込みたい勇士は少くない筈である。内々はそう思っても、やらないだけのことで、今まで女はメッタにこんなことをやらなかったが、近ごろは、怖れげもなく、そういうことをやる。

羞恥心(しゅうちしん)の喪失ということではないようだ。元々羞恥してはおらぬのである。なぜなら、元伯爵の子供であり、美少年であるから、という秘密には当の本人が気づいていない。当人はただ可哀(かわい)そうだと思っており、よいことをしている気持でいるらしい。つまり、無学無智なのである。そして、現在の日本は、かかる無智なるものに生活力があり、慈善を施す能力が具(そな)わったという証拠でもあり、家柄とか教養などというものが生活力を失いつつある証拠でもあるのである。深き教養とか高き家柄というものは、無智無学の生活選手の慈善の対象と化しつつあるのである。

慈善の性格というものには、多かれ少かれ、かかる無智のバカラシサや、ギマン矛盾がふくまれているものだ。そのバカラシサが、このように明白なものはまだ罪がないので、そのバカラシサが如何(いか)に多く現実に横行し、自覚されずにいるか判(わか)らない。

政治献金は利益の取引ではなくて、単なる献金だという。つまり慈善である。利益の取引は罪を構成するかも知れぬが、献金や慈善は罪を構成しない。その代り、人間の生活を、無学無智、白痴の世界へひきずりこんでいるものだ。神を怖れざる仕業である。

私は阿部定さんに結婚を申込み、万引の美少女に結婚を申込む勇士の方に賞讃(しょうさん)をおくる。それは慈善ではない。あきらかに、好色である。羞恥なき仕業であるかも知れないが世のツマハジキを怖れない勇気がいる。つまり自ら罪人たる勇気がいる。献金だの慈善などと言わずに、自ら利益の取引であることを明かにしている態度なのである。

近ごろの政治献金という慈善事業は、伯爵の伜(せがれ)を引取りに行く裏長屋のオカミリンによく似ている。無学無智、白痴たることによって罪を救われているにすぎない。

自らの罪を知り、罪に服する勇気なくして、知識も文化も向上もあるものではない。

太宰の死

太宰のことに就(つい)ては、僕はあまり語りたくない。僕自身の問題として、僕の死ということは大した問題だと思っていないから、太宰の場合にしても、とりわけ自殺に就て、考える必要もないと思っている。その自殺によって、彼の文学が解明されるという性質のものでもない。自殺などがどうあろうと、元々彼の文学は傑出したものであり、現実の自殺という問題は、あってもなくとも、かまいやしない。文学者の自殺ということは、社会問題としては珍聞であるかも知れぬが、文学者仲間の話題としては、そうかい、太宰は死んだかい、おやおや、女と一緒かい、というだけのことだ。

人間の思想に、どうしても死ななければならぬなどという絶体絶命のものはありはせぬ。死ななければ、生きているだけのことである。同じことだ。文学者には、書いた作品が全部であり、その死は、もう作品を書かなくなったというだけのことである。

太宰は、その近作の中で明かに自殺しているが、それだから、現実に自殺をしなければならぬという性質のものでもない。

私は然し太宰が気の毒だと思うのは、彼が批評を気にしていたことである。性分だから、仕方がない。それだけ可哀そうである。

批評家などというものは、その魂において、無智俗悪な処世家にすぎないのである。むかし杉山平助という猪のようなバカ者がいて、人の心血をそそいでいる作品を、夜店のバナナ売りのように雑言をあびせ、いい気になっていたものだ。然しその他の批評家といえども、内実は、同じものである。

太宰はそんな批評に、一々正直に怒り苦しんでいた。もっとも、彼の文学の問題が、人間性のそういう面に定着していたせいでもある。だから、それに苦しめられても、それが新しい血になってもいた。だから又、死ななくとも、よかった。それを新しい血にすればよかったのである。

自殺などは、ソッと、そのままにしておいてやるがいい。作品が全てなのだから。まして、情死などと、そんなことは、どうだっていいことである。

僕はまだ彼の遺作を読んでいないから分らないが、今まで発表された小説の中では、スタコラサッチャン（死んだ女に太宰がつけていたアダナ）を題材にしたものはないようだ。だから、未完了のうちに死んだか、書く意味がなかったか、どちらにしても、作家としての太宰にとって、その女が大きな問題でなかったことは明かである。

昨日、某新聞が、太宰が生きていて僕がかくまっていると云って、僕を終日追跡。ソソッカシイ新聞があるものである。

文学の社会的責任と抗議の在り方

私が本欄に書いた「応援団とダラク書生」に明治大学の応援団長から六月二十日の

世界日報紙上に抗議文が寄せられた。

別段筆者に謝罪を要求するというような性質のものではなく、ただ応援団と明大学生自治運動の在り方について弁明し、あわせて筆者の文学を応援団的に批判したものであるから、私はそれに弁明も反駁（はんばく）も加えようとは思わない。

然（しか）し、次のことだけは、明大応援団と私との問題としてでなく、文学の問題として、明確にしておきたい。

文学上の問題は、たまたま実在の何ものかに表面の結びつきがあるにしても、その個を超えて、人間の本質的な問題として、全人間的に論じられているものである。

もとより、作家は自らの文章に全ての責任を負うている。社会的責任のみならず、さらに厳正絶対な人間的責任を負うているものである。私は社会によって裁かれることは意としないが人間によって裁かれることを怖れる。私が不断に耳をすましているものは、内奥（ないおう）からの人間の声のみであり、この裁きは、私にとっては絶対である。

文学は色々に読まれる。批評家は千差万別の批評を加え、読者は各人各様の読み方をする。その結果が、作家の思いよらざる社会的影響をひき起した場合にも、作家は尚、社会的責任を負うべきもの、と私は信ずる。社会的責任とはかくの如きものであり、いかなる無邪気な過失といえども、その結果によって裁かれる性質のものである。

明大応援団の場合は、単に抗議というだけで私に謝罪を要求しているようなものではない。私は言うべきことを書きつくしているのだから明大応援団がそれをどう読みとったにしても、補足して言うべきことはない。ただ、明大応援団長の文章は、あれではいけない。私の文学の批判などせずに、明大応援団と、明大自治運動との在り方を具体的に詳説して、それが私設憲兵化をまねく性質のものでないことを具体的に証明して、真理の名に於て私の蒙(もう)を啓(ひら)けばよかったのである。論争とか抗議というものは、そういう性質でなければならない。

久板君の場合は、慶応大学生が謝罪を要求したという。これは筋が違っている。むしろ告訴すべきである。久板君自身が、謝罪要求は告訴に於てなすべきだ、と言明しているのは、これが文学者の当然な態度であり、覚悟であり、慶応大学生諸君も久板君の態度から学ぶところがなければならない。

文学者は、その作品に対して常に全責任を負うているもので、人間の名に於て裁かれることを常に最も怖れつつしんでいるものである。社会的責任については、文学者個人として、文学の名に於て裁きに服し得ざるもので、社会人としての責任に於て裁かれ服罪すべきものだ。文学者は法律によって裁かれるよりも、自我自らに裁かれることがより怖しく、絶対のものであるから、文学者私人に謝罪を要求するなどとは筋違いで、そういう時には告訴すべきものである。今後もあることだから、この一事は明確にする必要があると私は思う。

こりることの必要について

福井の地震で、大被害を蒙った。地域は異っても、地震の被害は殆ど年々のことである。これを天災と称したのは昔はそれで当然であるが、その対策の分明している文化国で、これを天災とするのは分らない。

黄河という河は、堤を築くだけでは必ず洪水の起る河である。流れが黄土を運んで年々一メートルぐらい堆積（たいせき）するから、早くて十年、おそくて二十年ぐらいで川底が堤より高くなって洪水となる。

だから堤を築くだけではダメのことが分りきっていても、ほかに手段を施さず、これを天災とみる。人間がふえすぎるから、洪水のたびに五十万ぐらいずつ死んで、これが天意の人口調節だという名論が、千年も前からハバをきかしている有様である。必要は発明の母と云い、禍（わざわい）を転じて福となす、災害にこりる、こりるということは大切なことだ。こりないことは、罪悪だと私は思っている。

日本人は地震にこりないのである。近頃の有様では、殆ど戦争にも、こりていないようである。

禍いを利用する、なんでも利用して、より良くしようとする心構えは、文明の母胎であるが、それには、先ず、こりることが第一だ。

戦争で、みんな家を失った。家財も失った。そういうことも、これを利用するならば、災害が生きてくるのである。

焼跡のうちに、都市ケイカクをし、区カク整理を行えば、焼けたことも生きる。資材がないから今はバラックが当然であるが、後日のケイカクとして、木造の私宅を許さず、鉄筋コンクリのフラット式の集団高層住宅を原則とする。さすれば地震にもたえ、狭小な国土に利用地をふやすことにもなる。それぐらいのケイカクは当然立案されて然るべく思われるのに、そんな声もきかれない。

身のまわり、私生活は、できるだけ簡単にすべきもので、せまい国土のくせに一人一軒の木造家屋に住んでいるなどとは、愚の骨頂である。

新生活運動とでも申すべきものが起るならば、日本の大半が焼跡となり、これから建設、という今が何より適当で、これを利用して、文化国家建設のイトグチとすべきであろう。

禍いは、これを利用せよ。そして、進歩せよ。天災という言葉は抹殺するようにならなければならぬ。

地震にこりることを知らない魂は、戦争にもこりることを知らないのである。

総意的な流行

東郷、乃木将軍らの軍国切手が追放されたに代って、文化人の肖像を入れた「文化」切手をつくろうと逓信省が案をねっているそうだ。

このキッカケとなったのは、七月三十日の幸田露伴の一周忌を記念して、この文豪の肖像を切手にしては、と日本出版協会から申入れがあったせいの由である。

以上は新聞の雑報であるから、真偽のほどは確かでないが、日本出版協会とか何とか文化団体とかのやりかねないことだ。

いったい、幸田露伴とは、国民的文豪なりや。いったい、露伴の何という小説が日本人の歴史の中に、血液の中に、生きているのか。

少数の人々が「五重塔」ぐらいを読んでるかも知れないが、「五重塔」が歴史的な傑作の名に価するか。ともかく、一般大衆の民族的な血液に露伴の文学が愛読されているとは思われず、むしろ一葉の「たけくらべ」がはるかに国民に親しまれているであろう。

一般大衆の流行の如き、とるに足らぬ、と仰有るならば、笑うべき暴論と申さねばならぬ。死んで、歴史に残る、という。文学が歴史に残るとはいつの世にも愛読されるということで、これにまさる文学批評はないのである。一部に専門的に、どれだけヒネクッた批評があるにしても、いつの世にも愛読されるということより大いなる、又、真実の批評がある筈はない。

たとえば、坂口安吾という三文ダラク論者が汗水たらして、夏目漱石は低俗軽薄文学也とヤッツケてみても、その坊ちゃんとか猫とかは、すでに国民の血液の一部と化しつつあるではないか。これに比べれば、三文ダラク論者のヒネクレル説の如きは問題にあらず、と申すより仕方がない。

露伴の作に、坊ちゃんや猫の如く、国民の血液化しつつある何作品がありますか。彼は我々の血液に、何物を残しましたか。

三文ダラク論者が大衆の流行に反して、漱石をくさすのは勝手なことだが、国民総意のアカシたる切手の如きものに肖像を入れるに際して、個人的な文芸批評が許さるべきものではない。

国民総意の流行が、いかに低俗でも、それが真に総意的な流行ならば、仕方がないものだ。これに対して、一部個人の批評をもって、全体を制しようとすると、即ち、ファッシズムとなるのである。

かくて、もっとも文化的な面に於ても、温顔をたたえつつ、ファッシズムは再び徐々と起りつつある。十年前に古事記とノリトを押しつけたあの軍人の文芸批評が、今度は文化的文芸批評として起りつつあるのだ。

（一九四八年）

敬語論

インドの昔に学者が集って相談した。どうも俗人どもと同じ言葉を使ったんじゃ学問の尊厳にかかわる。学者は学者だけの特別な言葉を使わなければならぬ。そこでそのころのインドの俗語（パーリ語という）を用いないことにして、学者だけの特別の言葉をつくった。これをサンスクリット（梵語(ぼんご)）と称するのである。又、近世に於(おい)ては、国際間に共通の言葉がなければならぬというので、ラテン語をもとにしてエスペラントというものができた。

こういう人為的な作物と違って、現在使われている言葉は、自然発生的なもので、時代々々の変化をうけつつ今日に及んでいるもの、日本文法などというものは近世のもの、先(ま)ず言葉があって、のちに、文法というもので分類整理したにすぎない。

言葉は時代的なものである。生きている物だ。生活や感情が直接こもっているものだ。だから、生活や感情によって動きがあり、時代的に変化がある。

エート、それは……と考える。ソレハネーと考えこむ。ソレハネーのネーなんかイラネエジャナイカ、と怒ったってムリだ。

標準語というものを堅く定めて、これ以外のクズレタ言葉を使うな、と云っても、これが文章上だけの問題ならとにかく、日常の言語生活に於ては、人間の感情、趣味などが言葉をはみだし、言葉をひきずるようになり、おのずからクズレざるを得ない。ソウダワ、とか、ダワヨ、アソバセ、というような女性語は流行の衣裳や化粧と同じような、一種の装飾的な自己表現でもある。

女性にユニフォームを定めて、これ以外の如何なる衣服も用いてはならぬ、そういう社会制度を望まれる人士は女性語を禁じて標準語を強制すべきであろうが、そのような社会制度が不当であるかぎり、女性語の禁止も無用のことであろう。

つまり、言葉というものは、言語だけの独立した問題ではなくて、それを用いる人間の嗜好や、教養が言葉の根本的なエネルギーをなしているのである。そのエネルギーが言葉を時代的に変化せしめて行くもので、言葉の向上を望むなら、教養の向上を望む以外に手はない。

ザアマス夫人というのがある。キザの見本だというので漫文漫画に諷刺され世間の笑いものになっているから、自粛するかと思うとそうじゃない、伯爵夫人でも重役夫人でもない熊さん八さんのオカミサンが、とたんにザアマスをやりだして、人に笑われて得々としている。人に笑われることによって、自らも伯爵夫人の威厳を身につけた如くに心得ているらしい。要するに言葉の問題は教養自体が問題なのだ。

ヨーロッパに女性語がないというのはマチガイだ。フランスにも女性語はある。学校で先生が出欠をとる。ハイと答えるに、男学生はプレザンと答え、女学生はプレザントと答える。語尾に余計物がつくこと、日本のワヨの如しである。

よしんば言葉に変化はなくとも、女性的な抑揚は男性とは別であり、女性の抑揚も亦個性によってそれぞれの相違があり、かかる表現上の相違と、言葉自体の相違と、本質に於ては異るものではない筈だ。本質は何か。即ち、嗜好や教養である。

★

敬語の問題も亦、女性語と同じことだ。オ茶碗だ、オ箸だ、食器にまでオの字をつけて怪しからん。ナゼ怪しからん。ナゼ怪しからんてッたッて食器にオの字をつけて敬う必要があるか。ナルホド必要はない。然し、言葉は必要の問題であるか、然らば、茶碗や箸などという言葉に、必ずそうでなければならぬ必要や必然性があるのであるか。これは、どうも、ないらしい。ナゼ箸とよばねばならぬか。二字もあるなんてゼイタクな。ハ、ではいかんか、シ、ではいかんか。

つまり、敬語など突ッつき、言葉の合理性などということを言いだすと、言葉全体を新たにメートル法式につくりあげない限り、合理化の極まる果はないのである。

敬語にあらわされる階級観念は民主主義時代にふさわしからぬと申しても、旧態依然たる生活様式があり観念があるからには仕方がない。言葉だけ変えてみたって、実質的には何らの意味もなさない。生活の実質的なものが、おのずから言葉を選び育てるのであるから、問題はその実質の方である。

イギリスの笑い話に、小説の第一行目から人の注意を惹くために「侯爵夫人はコン畜生のバカヤローと怒鳴った」と書けばマチガイなし、というのがある。

つまりイギリスには侯爵夫人の使わない言葉というのが存在するわけであろう。上流の言葉、下流の言葉。日本とても同じことだ。インドの哲人の如くに、日本にも学者の言葉というものがないワケでもない。これもすでに言葉の階級性ではないか。生活や趣味や教養に差があれば、おのずから選んで用いる言葉も異る。敬語も同じ性質のものにすぎない。

フランスには「お前よび」というのがある。フランスには「アナタ」の外に「オマエ」という言葉が存在し、恋人、夫婦、親友、などは「お前よび」という特権を享楽することができる。他人をよぶにはアナタと云って、テイネイに分け距てておくのである。

オマエなどという言葉が存在するのは怪しからん、という。人をよぶには常にアナタでなければならぬ。そんなことを力説してみたって、人を差別する気持があって、相手を自分より卑しいもの、低いものに見る観念がある以上、言葉の上でだけアナタとよんだって、なんのマジナイになるというのか。

人を見るに差別の観念がなければ、人をよぶ言葉はおのずから一つになるにきまっているし、かりに英語の如く人をよぶに、ユー、の一語しかなくとも、差別の観念のある限り、ユーの一語も発音のニュアンスに色々と思いが現れる筈で、やっぱり根本の問題は言葉の方にあるのではない。

女房をお前とよぶのは男尊女卑の悪習だというが、例がフランスの「お前よび」にある通り必ずしも男尊ではなく親密の表現でもあり、他人行儀と云って他人のうちはテイネイなものだが、友達も親密になると言葉がゾンザイになること、日本も「お前よび」と同断であり、女房をお前とよぶのも、むしろ親しさの表現の要素が多いであろう。

ただ、日本の場合、女の方が亭主をアナタとよぶのが女卑の証拠だというのも、一概にそうも云えない。男言葉と女言葉の確然たる日本で、男女二つの呼び方が違ってくるのは当然で、アナタとよぶことが嬉しいという日本の女性心理には、日本の言語の慣例を利用して、愛情を自然に素直に表出しているにすぎないと見る方が正当ではないかと思う。

★

言葉という表面に現れているものだけを突き廻して、それだけを改めたってムダなことだ。その奥にあり、敬語という形となって現れた日本的生活の歪みというものを突きとめて、それを論じることが必要である。

お客をもてなすに、ツマラナイモノデスガ、とか、お口にあいませんでしょうが、とかと、妙に卑屈なことを言う。敬語という妖怪をあやつる張本人というのは、そんな風な日本的生活に在るのだろうと私は思う。今日はウチの連中が腕にヨリをかけた料理で、とか、これは自慢の家庭料理で、とか、その食べ物の性格について己れの信ずるところをハッキリ云えばそれでよい。不出来だと思ったら不出来、相手の味覚がそれをどう受けとるにしても、味覚の好悪というものは好き好きで論外である。

オセイボだ年始だと無意味なものを取ったり贈ったり、香典だの香典がえしだのと、すべて人間の真情に即さざる形式が生活の規矩(きく)をなしており、生活が真情に即していないのだから、言葉が真情に即さなくなる。つまり物自体を的確に表現することが生活の主要なことではなくて、儀礼的に言葉をあやつることに主たる工夫があるから、空虚な内容を敬語かなんかで取り繕う必要も生れてくるわけであろう。

オ役人サマ、と云う言葉には、その言葉に即した生活が現に存しているのだし、親分然と「オ若イ人」だの、オ若イ、オ若イ、などという、みんな言葉に即した生活が実在して、その生活が実在する限り、その言葉にはノッピキナラヌものがあり、イノチがあるではないか。

オ百姓、という。百姓じゃ軽蔑(けいべつ)しているようだし、農夫というと学問の書籍の中の言葉みたいで四角すぎるし、当らず障(さわ)らず、軽蔑の意をおぎなう意味においてオの字を上へつける。オ百姓のオの一字に複雑怪奇な心理的カットウが含まれ、そして、そういう心理的カットウが日本人の生活に実在するところから怪奇なる敬語が現れる次第であって、根はあくまで、生活が言葉を生んでくるだけだ。

八ッつぁんの女房がとたんにザアマスとやりだした裏には、それに相応した心理上の生活があってのせいだ。

娘が青年に、足をふいて下さらない、と云ったり、オミアシおふき遊ばして、と云ったり、足をふいてよ、と云ったり、それに即した生活があってそう言うのであり、生活あってのことだ。

戦争中の商人は、オメエ何が欲しくってオレのウチへ来たんだい、という調子で、敬語などは、自然になくなっていたのである。

近ごろは商売仇も現れて、お世辞の必要があって、イラッシャイ、毎度アリ、などという言葉もきかれるようになったが、かくの如く簡単に、言葉というものは生活に即しているものなのである。

もしも敬語というものがなく、「汝何を吾に欲するや」という一語しかない場合、戦争中の日本商人は仏頂面に客を睨めまわしてその言葉を云い、終戦後の今日はもみ手をしてニコヤカにそれを言うであろう。敬語の代りにモミ手とニコヤカがあるわけで、そこに実質的な何らの変りもありはせぬ。日本商人の敬語が悪いというならモミ手もニコヤカも悪いというだけのことである。

★

言葉というものは、それが使用されているうちは、そこにイノチがあるものだ。

十年ぐらい前から、ラジオや新聞の天気予報に、明日は晴レガチのお天気です、とやるようになったが、大体古来の慣用から云えば、何々シガチというのは、悪い方向に傾いて行くときを云うのであって、病気シガチだとか、貧乏シガチだとかと云う。決して丈夫になりガチだの、金を儲(もう)けガチだのとは言わないものだ。天気の場合はクモリガチとは云ったものだが、晴れガチなんて慣用はなかった筈だ。

けれどもこうしてラジオや新聞に報じられているうちには、それが現行のものとなり、実在してしまうから仕方がない。言葉の場合などは慣用が絶対だという法則はないのであるから、いずれは文法に、ガチの慣用のうちで晴レガチだけが不規則、というようなことになって、言葉の方に文法を動かして行く力がある。言葉とは元々そういうもので、文法があって言葉ができたワケではなく、言葉があって、文法ができたのである。

それは文法にあわない、とか何とか学者先生が叫んでみたって、文法の空文とちがって言葉にこもるイノチというものは死んだ法則の制しうべからざるものなのだ。だから、敬語を廃せなどと、現に行われている言葉のイノチある力に向って、新規則を立てて束縛しようとしたって、何の効果があるものでもない。

生活さえ改まれば言葉はカンタンに改まるのだ。言葉を改めようという努力などはミジンも必要ではない。見たまえ、戦争中の商人に向って、アリガトウと云ってくれと頼んだって、言ってくれるものじゃない。国民酒場のオヤジに向って、旦那、スミマセンガ、モウ一杯ナントカ、と頼んでいるのはオ客の方で、ダメだよ、ウルセエナ、と言っているのはオヤジの方なのである。誰が言葉を変えよと命令したわけでもない。一朝生活が変るや、瞬時にして言葉は変っているのである。

奇怪な敬語や何やら横行し、日本の言葉が民主的でないと云うなら、日本人の生活がまだ民主的でないというシルシにすぎないものだ。

敬語廃止運動が起るとすれば、新生活とか生活改善運動の一部として行われる以外に意味はない。全日本人の言葉を法則を定めて統一しようとするのはムリであるが、あるキッカケを与えて自然の変化をうながし待つことは不自然ではない。

先ず、新聞をひらいてみたまえ。ある人を氏とよび、さんとよび、君とよび、犯罪者はよびすてではないか。

個人が勝手に用いているザアマスだの敬語などは、銘々勝手で、罪のないものであるが、こうして一つの新聞的表現を法則化して押しつけてくる新聞語などは、もっと厳しく批判する必要がある。

オエラ方も犯罪者も戦犯も、みんな一様に氏とよんだら、どうだ。

新聞の任務が純粋に報道にとどまるだけならともかく、多少とも啓蒙的役割を帯び、又、それを自覚しているとすれば、自分の在り方に、もっと自覚的でなければならぬ。そして新聞用語というものに対しても、組織的な研究機関があって、その選定に深い考慮を払い、又、世間の批判に耳を傾けて善処すべきであろうと思う。

そういう改善のキッカケとなる力は、文部省の教科書などより、はるかに新聞の方が強力だ。それも、つまり、言葉自体の問題ではなく、文部省は我々の生活の中には参加しないが、新聞は、直接我々の血肉とつながる生活の一部であるからである。

（一九四八年）

呉清源論

私は呉清源と二度しか会ったことがない。この春、月刊読売にたのまれて、呉清源と五子で対局した。五子は元々ムリなのだが、私も大いに闘志をもやしたせいか、呉氏を攻めて、呉氏の方が私よりも長考するような場面が現れ、こう考えられては、私の勝てる筈はない。アッサリ打棄られたが、私のヘボ碁には出来すぎた碁で、黒白童子や覆面子を感心させ、呉氏もほめていたそうだ。

この時も、然し、私は驚いた。私が呉氏の大石を攻めはじめてからの彼の態度が、真剣で、その闘志や入念さ、棋院の大手合の如くであり、一匹の虫を踏みつぶすにも、虎が全力をつくすが如くである。相手が素人だというような態度はない。その道の鬼、むしろ、勝負の鬼という、一匹の虫を踏みつぶすにも、すさまじい気魄にみちたものであった。

二度目に会ったのも、読売の主催で、本因坊呉清源十番碁の第一局、私は観戦記を書いた。

対局場は小石川のさる旅館だが、両棋士と私は、対局の前夜から、泊りこむことになっていた。

本因坊と私は、予定の時刻に到着したが、呉八段が現れない。呉氏の応援に、ジコーサマが津軽辺から出張して、呉氏の宿に泊りこんだ由であるが、あたり構わぬオツトメをやり、音楽、オイノリ、そのうるささに家主が怒って、警察へ訴え、ジコーサマの一行が留置されてしまったのである。呉氏が警察へ出頭してジコーサマ一行を貰い下げた。それがこの日の前夜のことで、一行はネグラを求めて、いずこともなく立ち去った。そのまま、消息が知れないのである。

横浜だのどこだのと読売の記者が諸方へ飛んだが、行方が知れぬ。呉氏応援のため上京というのも名目だけのことで、ジコーサマも、迫害がひどくて、津軽辺の仮神殿にも住めなくなったらしいという話であった。上京の神様一行も、総理大臣、内務大臣、ミコ、総勢五名であり、現在では、それが神様ケンゾクの全部の由、落ちぶれ果てたものらしい。もっとも、計画的に諸所へ散在、潜伏させた信徒の細胞もあるとかの話で、その原因も、食糧難、住宅難などの結果によるらしく、生活危機は人間どもの問題だけではないのである。ジコーサマの生活危機はまさに深刻をきわめているから、神様の生活を実質的に一人の腕で支えている呉氏の立場も一様のものではなく、律義名題の呉氏も、神様のためには、人間の約束を破りかねない危険があった。それで、読売が慌てた。係りの黒白童子の苦悩、一時にやつれ果て、食事も完全に喉を通らず、坐ってもいられず、ウロウロしているばかりであった。

幸い、呉氏は現れた。夜も更けて、十一時半、焼跡の奥のずいぶん淋しい不便な場所だが、どんな乗物を利用してどの道を来たのやら、まさしく風の如くに現れたのである。玄関に当って、ワーとも、キャーともつかないような女中たちの喚声があがる。その喚声を背に負うて、スタスタと座敷へはいってきた呉氏。二間つづきの座敷の入り口で、立ったまま、

「おそくなりました」

と云ったと思うと、うしろから、女中の声で、お風呂がわいております、と云う。それをきくと、ウサギの耳の立つ如く、ピョンとうしろをふりかえって、

「ア、お風呂。そう。ボク、オフロへはいりたい。じゃア、失礼して、オフロへはいってきます」

座敷の入り口から、クルリとふりむいて、お風呂へ行ってしまった。

翌朝、呉氏の起きたのは、おそかった。私たちは、もう食卓についている。最後に

やって来て、設けの席へつこうとした呉氏、立ったまま、上から一目自分の食膳(しょくぜん)を見下して、すぐ女中をふりかえり、

「オミソ汁」

と、ただ一声、きびしく、命令、叱責(しっせき)のような、はげしい声である。あいにく、呉氏の食膳にだけ、まだミソ汁がなかったのだ。

見ると、呉氏は、片手に卵を一つ、片手にはリンゴを一つ、握っている。持参の卵とリンゴとミソ汁だけで食事をすまし、朝だけはゴハンはたべない。

その日は睡眠不足で、対局中、時々コックリ、コックリ、やりだし、ツと立って、三四分して、目をハッキリさせて戻ってきたが、たぶん顔を洗ってきたのだろうと思う。

その翌日も、呉氏はおそくまで睡(ねむ)っていた。そして、もう一同が食事をはじめた頃になって、ようやく起きて来たが、食卓につこうとせず、ウロウロとあたりを見廻し、やがて自分のヨレヨレのボストンバッグを見つけだして、熱心に中をかき廻している。

さすがに敏感な旅館の女中が、それと察して、

「卵は半熟の用意がございます。リンゴも、お持ち致しましょうか」

と云うと、

「ええ、朝はね」

と、うなずいて、すぐ、食卓についた。ようやく睡眠が十分らしく、二日目の対局からは、もう睡そうな目はしなかった。対局は、持時間十三時間ずつ、三日間で打ちきるのである。

三日目の対局が、呉氏一目（乃至二目）勝、という奇妙な結果に終ったのが夕方五時頃であるが、終るやいなや、すぐ立って、食事の用意がすぐ出来ます、記念の会食の用意ができます、と追いかける声を背にききながら、

「ええ、ええ、失礼」

スタスタ、スタスタ、観戦の何十名という人たちが、まだ観戦の雰囲気からさめやらぬうち、アッという間に、真ッ先に居なくなっていた。

まったく、もう、自分一方の流儀のみ、他人の思惑などは顧慮するところがない。

将棋の升田八段は、復員服（呉八段は国民服）に兵隊靴、リュックをかついで勝負に上京、傲岸不屈、人を人とも思わぬ升田の我流で押し通しているようであるが、呉清源にくらべると、まだまだ、心構えが及ばぬ。

私は昨年十二月、木村升田三番勝負の第一局の観戦に名古屋へ行った。木村に連勝のあとであり、順位戦に一位となったあとでもあり、木村何者ぞ、升田の心は、いさ

さか軽率であり、思いあがっていた。

対局前夜に、私が相手になったのも悪かったが、彼は酒をのみすぎた。それから私と木村、升田三人で碁をやり、升田は酔いがさめて、睡れなくなり、殆(ほとん)ど、一睡もできなかったらしい。私も一睡もできなかった。酔っ払いは、酔ったら、すぐ、ねるに限る。酔いがさめては、ねむれない。木村は、酒は自分の適量しか飲まず、おそくまでワアワア騒ぐと良く睡れるたちで、自分の流儀通りに、ワアワア碁をやって、良く睡った。そして、翌日の対局は、木村の見事な勝となった。

我々文士でも、その日の調子によって、頭の閃(ひらめ)きが違う。然し、文士は、今日は閃きがないから休む、ということが出来るが、碁や将棋は、そうはできぬ。だから、対局の日をコンディションの頂点へ持って行く計画的な心構えが必要な筈であるのに、あの日の升田は、それがなかった。

だから、対局も軽率で、正確、真剣の用意に不足があり、あの対局に限って、良いところは、なかった。この敗局は、彼のために、よい教訓であったと思う。

呉清源には、そのような軽率は、ミジンもない。人の思惑、人のオツキアイなど、全然問題としない。もっとも、神様のオツキアイは、する。然し、これが曲者(くせもの)で、この神様のオツキアイも、呉清源の偉さのせいだと私は思う。

勝負師とか、すべて芸にたずさわる者の心は、悲痛なものだ。他人の批評などは、とるにも足らぬ。われ自らの心に於て、わが力の限界というものと、常に絶体絶命の争いを、つづけざるを得ない。当人が偉いほど、その争いは激しく、その絶望も大きい。

自己の限界、この苦痛にみちた争いは、宗教や迷信の類いに直結し易いものでもあり、その混乱、苦悶のアゲクは、体をなさざる悪アガキの如きものともなり易い。双葉山や呉清源の如き天才がジコーサマに入門するのも、彼らの魂が苦悶にみちた嵐自体であるからで、ジコーサマの滑稽な性格によって、二人の天才を笑うことは当らない。

別して、呉清源は、およそ人の思惑を気にするところがない人物で、わが道を行く、とことんまで、わが道であり、常に勝負は必死であり、一匹の虫を踏みつぶすにも必死であり、その激しさが、自己の限界というものと争う苦痛に直面した場合の厳しさは、言語を絶するものがある筈である。この男には、およそ、人間の甘さはない。芸道の激しさ、必死の一念のみが全部なのである。

対局、第一日目が終ったあとであった。本因坊が何を忘れてきたのだか知らないが、とにかく家に忘れ物をしてきたから、取ってきたいと言う。本因坊と呉清源とは一緒に風呂へはいったが、その風呂の中で、本因坊が呉氏にこのことをもらしたらしい。風呂をでてくると、呉氏は読売の係りの者をよんで、争碁というものは打ちあげるまでカンヅメ生活をするのが昔からのシキタリであり、特に今回の手合は大切な手合なのだから、カンヅメの棋士がシキタリを破って外出するのは法に外れたことではありませんか、と、言葉は穏かだが、諄々と理詰めに説き迫ってくる気魄の激しさ、尋常なものではない。

蓋し、十数年前のことだが、呉氏がまだ五段の当時、時の名人、本因坊秀哉と、呉氏先番の対局をやった。この持時間、二十四時間だか六時間だか、とにかく、時間制始まって以来異例の対局で、何ケ月かにわたって、骨をけずるような争碁を打ったことがある。

この時は、打ちかけを、一週間とか二週間休養の後、また打ちつぐという長日月の対局だから、カンヅメ生活というワケにも行かない。

呉氏良しという局面であったが、この時、秀哉名人が、一門の者を集めて、打ち掛けの次の打ち手を研究し、結局、前田六段が妙手を発見し、このお蔭で、黒の良かった碁がひっくりかえって、負けとなった。こういう風聞が行われているのである。

だから、呉氏は、岩本本因坊の外出に断々乎として非理を説いて、ゆずらない。結局、呉氏の信頼する黒白童子が本因坊につきそって一緒に自動車で行き、本因坊は自宅の玄関で忘れ物を受けとって直ちに引返してくる、という約束で、ようやく呉氏の承諾を得た。

このような勝負への真剣さ、必死の構えは呉氏の身に即したもので、人間の情緒的なものが、まじる余地がないのである。

呉清源は、勝負をすてるということがない。最後のトコトンまで、勝負に、くいついて、はなれない。この対局の第一日目、第二日目、いずれも先番の本因坊に有利というのが専門家の評で、第一局は本因坊の勝というのが、すでに絶対のように思われていた。三日目の午前中まで、まだ、そうだったが、呉氏はあくまで勝負をすてず、本因坊がジリジリと悪手をうって、最後の数時間のうちに、自滅してしまったのである。

もとより、勝負師は誰しも勝負に執着するのが当然だが、呉氏の場合は情緒的なものがないから、その執着には、いつも充足した逞(たくま)しさがある。坂田七段は呉清源に気分的に敗北し、勝っている碁を、気分によって自滅している。呉清源には、気分や情緒の気おくれがない。自滅するということがない。

将棋の升田は勝負の鬼と云われても、やっぱり自滅する脆(もろ)さがある。人間的であり、情緒的なものがある。大豪木村前名人ですら、屢々自滅するのである。木村の如き鬼ですら、気分的に自滅する脆さがあるのだ。

　それらの日本的な勝負の鬼どもに比べて、なんとまア呉清源は、完全なる鬼であり、そして、完全に人間ではないことよ。それは、もう、勝負するための機械の如き冷たさが全てであり、機械の正確さと、又、無限軌道の無限に進むが如き執念の迫力が全てなのである。彼の勝負にこもる非人間性と、非人情の執念に、日本の鬼どもが、みんな自滅してしまうのである。

　この対局のあと、酒にほろ酔いの本因坊が私に言った。

「呉さんの手は、当り前の手ばかりです。気分的な妙手らしい手や、シャレたような手は打ちません。ただ、正確で、当り前なんです」

　本因坊が、現に、日本の碁打ちとしては、最も地味な、当り前な、正確な手を打つ人なのであるが、呉清源に比べると、気分的、情緒的、浪漫的であり、結局、呉清源の勝負にこもる非人間性、非人情の正確さに、くいこまれてしまうらしい。

　結局は、呉清源の勝負にこもる非人間性、これが克服すべき問題なのだ。坂田七段の場合にしても、本因坊の第一局にしても、勝っていた碁が、結局、呉清源の非人間性に対して、彼らの人間の甘さが、圧迫され、自滅せしめられているのである。

中国と日本の性格の相違であろうか。そうではなかろう。織田信長などは、呉清源的な非人間性によって大成した大将だった。結局、この非人間性が、勝負師の天分というのかも知れない。それだけに、彼らの魂は、勝負の鬼の魂であり、人間的な甘さの中で休養をとり、まぎらす余地がないのである。家庭的な甘い安住、女房、子供への人情などで、その魂をまぎらす余地がないのだ。

しかも、彼らほどの鬼の心、勝負にこもる非人間性をもってしても、自己の力の限界、自己の限界、このことに就て（つい）のみは、機械の如く、鬼の如く、非人間的に処理はできない。否、その自らの内奥（ないおう）に於て、最大の振幅に於て、苦闘、混乱せざるを得ないのである。むしろ彼らの魂が完全な鬼の魂であるために、内奥の苦闘は、ただ、永遠の嵐自体に外ならない。

呉清源がジコーサマに入門せざるを得なかったのも、天才の悲劇的な宿命であったろうと私は思う。

（一九四八年）

座談会

現代小説を語る

坂口安吾
太宰　治
織田作之助
平野　謙

平野　大体現代文学の常識からいうと、志賀直哉の文学というものが現代日本文学のいっとうまっとうな、正統的な文学だとされている。そういう常識からいえばここに集まった三人の作家はそういうオーソドックスなリアリズムからはなにかデフォルメした作家たちばかりだと見られているが……。

太宰　冗談言っちゃいけないよ。

平野　いや、冗談じゃない、ほんとの話だよ。太宰さんはすでに少々酔っぱらってるから……。

坂口　平野が言う意味は向うが正統的の文学だとすれば、俺たちがデフォルメだというのだよ。

平野　それはそうだろうと思う。いくらあなたがそうじゃないと頑張ったっても……。

太宰　俺にはちっとも分っていやしない。デフォルメなんて……。

平野　それじゃ一つ、そのデフォルマシオンに非ざる弁を一席やって下さいよ、太宰さん。
太宰　やるも何も……僕はいつもリアリストだと思っているのですよ。現実をどういう工合に、どの斜面から切ったらいいか、どうすれば現実感が出るか、それに骨身を砕いているわけじゃないか、なにも志賀直哉の、あんなものが正統であってオーソドックスだという……そんなことを僕は感じたくない。寧ろあの人は邪道だと思っている。文学から……。
平野　しかし、世間の常識からいえば志賀直哉がオーソドックスであなた方はデフォルメ……まあそういう風に見られていると思う。だからそういう作家が偶然寄って……偶然か企画か知らんが……一堂に会して現代文学を語るということになれば、そこにありふれた座談会なんかと面目を異にした面白い座談会ができるだろうと僕は期待するわけなんだ。
太宰　面白いというより、非常に厳粛な座談会ができるね。
坂口　それは平野の言うのは当りまえさ。
太宰　僕は初耳だった。デフォルメなんて言葉は……。
平野　デフォルメが気に入らなきゃ、外道の文学と言ってもいい。とにかく、太宰治の『晩年』は僕も愛読したが、あれは正統なリアリズム文学か——つまり、いわゆるブルジョア文学もプロレタリア文学もみんな崩壊した地盤からはじめて生れた文学だ。

坂口　われわれはつまり横道だということ……ね。みなそう考えているよ。

太宰　僕は坂口さんの小説など、あまりオーソドックスすぎて、物足りないくらいなんですよ。かえって……。

坂口　確かにそうだな。

太宰　それがデフォルメだなどというのは、ふざけているよ。

平野　ふざけてやしないよ。デフォルメでいいじゃないの。

太宰　誰が言ったことか、それは。

平野　誰がというより、一般にそう言っている、常識じゃないか。

太宰　そんなら俺はもう芭蕉（ばしょう）の閉関（へいかん）論じゃないが、門を閉じて人に会いたくないな。

織田　志賀直哉はオーソドックスだと思ってはいないけど、そういうものにまつり上げてしまったんだ。オーソドックスなものに……文壇進歩党みたいなもので、進歩党の党首には誰もなりたがらないのだよ。けれども誰かまつり上げて来るのだ。で、志賀さんが褒めればどの雑誌だってありがたがって頂戴（ちょうだい）するのだよ。

太宰　女の人なんか殊（こと）にそうだ。

織田　第二の志賀直哉が出ても仕方がないのだよ。
太宰　あれは坂口さん、正大関(せい)じゃなくて張出しですよ。
坂口　そうだ、張出しというより前頭(まえがしら)だね。あれを褒めた小林の意見が非常に強いのだよ。
織田　そうそう、小林秀雄の文章なんか読むと、一行のうちに「もっとも」という言葉が二つくらい出て来るだろう。褒めているうちに褒めていることに夢中になって、自分の理想型をつくっているのだよ。志賀直哉の作品を論じているのじゃない。小林の近代性が志賀直哉の中に原始性というノスタルジアを感じただけで……。
　みんなが小林秀雄がほんとうに志賀直哉の実体を批評したのだと思っているのだよ。横光さんの『機械』を小林秀雄が褒めたときでも同じですよ。『機械』というものをちっとも批評していない。
坂口　小林という男はそういう男で、あれは世間的な勘が非常に強い。世間が何か気がつくという一歩手前に気がつく。そういうカンの良さに論理を托(たく)したところがある。だからいま昔の作家論を君たち読んで御覧なさい。実に愚劣なんだ、いまから見ると……小林の作家論の一足先のカンで行く役割というものは全部終っている役割だね。
織田　管(くだ)を巻いているのをみんな白面(しらふ)で聞いているからおかしいのだよ。

坂口　けれど小林は偉いところもある。その後どんどん育っているからね。
太宰　僕は昨夜小林の悪口をさんざん言っちゃって、今日は言う気がしないな。
平野　どこで……。
太宰　新潮社、Kさんと……。
平野　太宰さん、どうですか、佐藤春夫などは……戦争中或は戦争後の佐藤春夫をどういう風に思っていますか。
太宰　佐藤春夫はこれからも書けるのじゃないですかね。僕はなにもあの人は駄目だとは思わないけれども……『疎開先生大いに笑ふ事』あれ、たいへん不評判だったようですね。だけど、僕はあれならなにもそんなに不評判になるほど悪い作品とは思わなかった。面白かったですね。
平野　しかし、大正時代の佐藤春夫は僕も非常に好きだったけれども、昭和の中頃からずいぶん違って来ているのじゃないですか。何か急に年とってしまって……。
太宰　そう変ってはいないのじゃないですか。もともと佐藤春夫というのはああいうだらしない人だったのじゃないか。
坂口　僕はあまり好きじゃない、佐藤春夫は……。
織田　僕は考えてみたこともないね。佐藤春夫とは何ぞやということについて五分間も考えたことはない。

太宰　五分間考えるというのはたいしたことだよ。大抵一分間くらい……。

坂口　僕は佐藤春夫の作品じゃ探偵小説が一ばん好きだ。片仮名で書いた『陳述』という作品、あれなんか好きだ。

織田　そういう意味じゃ、『維納(ウィーン)の殺人容疑者』とかいうのがあったでしょう。ああいうものを書かすといいのだ。あの人は新聞記者にすればよかった。

平野　いや、あれは大して面白くなかった。探偵小説的では、『オカアサン』というのがいい。

織田　僕は面白かったね。佐藤春夫のものでは一ばん読んだ。あいつが助かるかどうかと思って……。

太宰　僕は『佗(わび)しすぎる』というのがいいと思ったね。田舎で読んで……佐藤さんのものはあまりよくないのだけれども、『佗しすぎる』というのはやはりいいと思ったね。やはりお千代さんというのは偉大な女性かも知れないな。谷崎さんに『蓼喰(たでく)う虫』を書かしたし、佐藤さんに『佗しすぎる』を書かしたのだからな。あれは明治、大正、昭和を通じて女性史に残る。

坂口　そうかな。

太宰　だって二人をあんなに苦しめたんだもの……二人とも油汗を流した。

坂口　自分で苦しんでいるのだよ。あの頃の作家は……永井荷風でもそうだ。荷風の部屋へ行くと惨澹（さんたん）たるものだそうだ。二ケ月くらい掃除をしておらんのだ。それでずいぶん散らかっている中に住んでいて、部屋がない、部屋がないといって、部屋を探しに歩いているそうだ。そういうのは趣味だと思うね。ちっとも深刻でもなんでもない。

太宰　でも女房を寝取られるというのは深刻だよ。坂口さんには経験がないかも知らんが……。

織田　日本の作家というのは苦しめられ過ぎる。

太宰　ああいう煮湯（にえゆ）を呑（の）まされるという感じはひどいものですよ。

坂口　女房を寝取られることだってそんなに深刻じゃないと思う。

太宰　そんなことはない。へんな肉体的な妙なものがありますよ。それを対岸の火災みたいな気持で……それで深刻でないなどというのは駄目ですよ。

坂口　僕はそういう所有慾を持っておらんのだよ。

太宰　いや、所有慾じゃないのだ。倫理だとか、そういう内面的なものじゃない。肉体的に苦しむ。

坂口　肉体自身、そんなに事寄せる必要はないよ。君たち、そんなに事寄せるということがおかしい。

太宰　肉体に事寄せる、そんな意味じゃないのだ。

坂口　君たちが女房という観念を持つことが何か僕はおかしいのだよ。

太宰　あなたは独身だから……。

坂口　独身だって変りはないよ。恋人はたくさんある。女房に準ずるものがたくさんある。ちっともそんなことに変りはないよ。

太宰　それは駄目だなあ。ホームというのは、あれはいじらしいものですよ。

坂口　それは、若いときはホームがいじらしいのじゃなくて、若さ自体がいじらしいのだよ。なにも若さのホームがいじらしいわけじゃないと思うね。

太宰　いや、ホームというのも僕はいじらしいものがあると思うのですよ。たとえば、僕たち旅行をして歩いておって、ポーッと窓に明りがともっているのを見て、なにか郷愁をそそられることがありはしないかしら。ああいうのはやはりホームのいじらしさだと思うけれども……。

織田　それはしかし、女房だとか何とかいうのと違って、人間の持っているノスタルジア、人間が人間に感じているわびしさ憂愁の感覚、そういうものは女房というものので一ばん現われ易いのだけれども……。

太宰　突然ホームに土足で上って来て、俺は今日ここへ寝るんだ、お前の女房を貸せ……これじゃかなわないよ、やはり……。

織田　しかし、そういうノスタルジアみたいなものは、結婚して五年くらい経って、旧い女房みたいなものが分ることが……しかし、外国の文学というものは、何年か経って女房のあわれさが分ったという文学じゃない。そういうノスタルジアというのは初めに含んでいるのじゃない。日本の文学というのは、なにか生活をして、その女房と十年連れ添うて、初めてこれだなあと分ったような文学じゃない。生活の総決算みたいなもので……。

平野　坂口さんは家庭というものを非常に恐怖していると思うが、どうだね。

坂口　恐怖なんかしていない。

平野　いやあなたの近頃の作品のモチーフには、家庭恐怖症が根を張っている。だから、自己破壊なんてことも出て来る。

坂口　世間的に恐怖する。一ぺん女房を貰うと、別れるとき世間の指弾がこわいというそういう恐怖だよ。

織田　それはこわくないよ。最近俺やったけれどもちっともこわくないよ。

坂口　俺の恐怖はそういう恐怖だよ。ほかに何も恐怖はない。

織田　こわくないですよ。僕はごそっと取られたが、こわくないよ。

坂口　僕は純情というのは好きじゃないのだ。大体所有するということが元来好きじゃないのだよ。

織田　あれは所有じゃないね。女房というのはくっついて来るから仕方がないのだ。

坂口　否応(いやおう)ないのだけれども、否応なさに理窟(りくつ)がついて来る。みな強いて理窟をつけようというのじゃないか。

太宰　恋女房というのもあるからな。

坂口　それはあるよ。それはやはり恋女房と言ったんじゃいかんので、惚(ほ)れるという世界だね。女房の世界じゃない。

太宰　やはり谷崎の……前の話だけれども恋女房じゃないのですか。

坂口　僕は谷崎潤一郎がこしらえているイメージだと思う。

太宰　しかし『蓼喰う虫』は相当あぶら汗が出ているじゃないか。僕谷崎のものでは『蓼喰う虫』が一番好きなんだけど……ほかのは何のこともないが、あれは相当読みごたえがある。

坂口　こしらえているような気がするね。自分勝手に……こしらえ方が僕らを納得させてくれないのですよ。

平野　坂口さん、（正宗）白鳥はどうですか。

太宰　白鳥僕は徹頭徹尾嫌いですね。なんだいあれは……ジャーナリストですよ。あれはただ鑵詰を並べているだけで……牛鑵の味ですよ。

織田　小林秀雄というのは白鳥に頭があがらない。

坂口　しかし読物の面白さはもっている。僕そう思うね。

太宰　あれを思想家だの何だのと言っているけれども、ちっとも僕は……。

坂口　一種の漫談家ですよ。徳川夢声と同じもので……しかし読物としての面白さはもっている。

太宰　文章はうまいからな。

坂口　僕は徳川夢声を好きだが、好きというのは読物として……徳川夢声、正宗白鳥、獅子文六、これは読ませる力をもっている。

太宰　村松梢風なんか……『残菊物語』。

坂口　僕その三人は同じジャンルだと思う。これはしかしそう馬鹿にする必要はないだろう。それはそれでいいだろう。やはり一つの読物としての力をもっているということは……。

平野　あの手管(てくだ)は大したものだ。とにかく読ませる。

坂口　大したことでもないけれども、高座の（三遊亭）円朝とか、浪花節(なにわぶし)の大家とかいうのと、それは君、同じものだよ。

平野　しかし、終戦後の白鳥は、読物としてもあまり面白くないのじゃないかね。

坂口　いや面白い。俺は今朝白鳥を読んだ。ヨーロッパにいた時の……ドイツの話なんか、やはり面白いね。

平野　あれは最近の白鳥としてはよくできてた方だ。『光』に載ってたやつだろう。あれはしっかりしていて面白い。しかし『群像』の小説なんかずいぶん人を喰った、投げやりの作品だったなあ。

坂口　やはり何か……ああいうのは読者のツボを知っている書き方だね。だから僕は高座の芸術だというんだよ。徳川夢声でもそうだし、（天中軒(てんちゅうけん)）雲月(うんげつ)の芸風でもみなそうだ。こう書けばこう読むだろう、こう語ればこう来るという、ツボを知っている書き方なんだ。これは君、やはり存在していいのだよ。それは一つの……芸術か何か知らんけれども、木戸銭(きどせん)を取るだけの値打はあるのだね。僕はそう思うのだ。

平野　それじゃ里見弴(とん)はどう？

坂口　これはないね。木戸銭を取る値打はないよ。

平野　じゃ、宇野浩二は？――どうも酔っぱらい相手の進行係りは辛いね。

坂口　宇野浩二？　これも木戸銭は取れないね。老大家で木戸銭取れるというのは正宗白鳥、谷崎潤一郎も木戸銭取れるだろう。

太宰　まあ里見弴だの、宇野浩二だのというのは、あまり言いたくないものね。「文学の鬼」は凄いね。

坂口　ああいう馬鹿を言うのがいるからね。そういう表現は無茶だよ。志賀直哉は文学の神様だとか……。

しかし、やはり文学などというものは木戸銭が取れるという風になることが先決条件だね。

太宰　そうですね。それがなければ……。

坂口　それがなければ何んにもならない。

太宰　（滝沢）馬琴という男、あれは非常にペダンティックな嫌な奴ですけれども……それでも『八犬伝』なんか書く場合には、はしがきに「婦女子の眠けざましともなれば幸いだ」と書いておったけれども、いい度胸だと思ったですね。

平野　しかし『八犬伝』そのものはちっとも面白くない。真山青果の受け売りだけど、馬琴の生活の方がずっと面白い。

太宰　うん、面白くないね。徹頭徹尾……。

坂口　説教しているからな。

平野　説教だけじゃなくて、あれは長過ぎるんだよ。あんなに長くする必要はない。『大菩薩峠』（だいぼさつとうげ）と同じさ。

坂口　しかし『大菩薩峠』も初めは面白いだろう。

太宰　『八犬伝』の、竜の講義なんか……竜には三十何種類、いや、二十何種類だったかな？　あれはかなわない。

織田　谷崎にもそういう長さというものがある。

坂口　しかし馬琴だの、中里介山（なかざとかいざん）の『大菩薩峠』などが古典みたいになるということは、日本の読書界の貧困を物語るものだね。

平野　読者ばかりじゃない。作家自身の貧困だね。

太宰　僕は作家の貧困じゃないと思う。やはり地盤がなくちゃ駄目だよ。梨（なし）のつぶてで何んにもなりやしないよ。

織田　地盤はできたって出ないのだよ。地盤のない、へんな所からポコっと出てポコっと消えてしまうやつは……ね。

太宰　織田君などは地盤から出たかね。

織田　地盤なんかないね。地盤はちょっと探して見ようと思ってうろうろしたけれども、ないということが判（わか）って……。

坂口　馬琴の退屈さと、プルーストの退屈さと非常に違う。

太宰　プルーストも、貴族の生活にゆかりのある者が、あれを読めばとても面白いのですよ。ところが、貧民があれを読んだって、てんで駄目なんだ。あれイギリスなんかに受けたというのでしょう。イギリスは貴族が多いからね。貴族の老女なんかあれを読んで……思い出があるから面白く読めるのでしょう。

坂口　アメリカで非常に受けているというのは、アメリカの貴族への憧（あこが）れだ。

平野　織田さん、サルトルのことを何か書いてたけれど……僕は『水いらず』しか読まないけれども、あれはどうなんです。面白いのですかね。

織田　僕サルトルとファビアンと二つ比較して考えて見たんだけれど……ケストネル（ケストナー）のファビアン……。

サルトルというのはフランスからああいうものが出るんだね。ファビアンというのは非常にデフォルマシオンだよ。あれはやはりドイツなどの、小説の伝統がない国の小説だよ。サルトルなどは訳のせいでもあるだろうけれども、読んで見れば非常にまともなんだよ。そのくせほかの奴とちがうんだ。僕は惟（おも）うにサルトルというのは、あれはまだデッサンなんだ。デッサンの勉強をやっているのだ。僕はそう思う。美術学校の生徒が入ればすぐ裸体を描いているでしょう。一生懸命……裸体が描けないのに着物を着せたら尚お描けないものね。まだあれは一生懸命……裸体を描いている。だから彼は第一歩をやっているだけなんだ。セニクが日本の作家なんて誰も第一歩をやっていないから近代以前だ……。美術学校でいえば裸体のデッサンをやっていないのだ。初めからヴェールで包んで描いているのだ。そういう意味で僕はサルトルは面白いと思うね。

太宰　でも作家というのは白痴なもので、なにか系統立つことを言おうとすると、なにか馬鹿なことを言っているね。

織田　しどろもどろだ。だからイメージのない言葉は喋らないことだね。

坂口　しかし、サルトルはやはり作家だよ。君はどう読んだか知らんけれども……あれは肉感だけで書いているな。あの肉感が好きなんだよ。知性とか何とかいうものじゃないからね。

平野　しかし、あれは普通の小説じゃないか。

坂口　普通というのは、そういうものじゃないよ。……あの小説は感覚だけでモラルじゃない。知性もない。そういういちばん当り前のことを……。

文学とはそういうことじゃないか、いちばん当りまえのことをやるのじゃないか。

織田　第一歩だよ。始まりだよ。あれは。

坂口　なかなか当りまえのことがやれないのじゃないか。

織田　あの辺から始めて行こうというのだね。僕がサルトルを持ち出したのは、あれを終りだと言っていやしない。

坂口　当りまえでないことばかりやっているのだ。小手先で……小手先というのはわれわれ器用だからね。君たちを胡麻化すくらいわけないのだ。（笑声）しかしなかなかそういうものじゃない。サルトルは小手先で胡麻化しておらん。

織田　あなたは（平野氏に）どう思った……？

平野　心理が行動を決定しないで、人間と人間とのかかわり合いで行動がきまってゆく、というのがあれのモティーフだろう。とすれば一番普通の小説じゃないかと思った。

坂口　いちばん普通の小説だよ。それが正しいのだよ。

平野　しかし、織田さんのエッセーだと、非常にあれは新しい文学で。

織田　新しいというのは、第一歩だよ。あそこからはじめなければ何にも出て来やしない。

平野　（徳田）秋声の文学などとの対比で言っている。そういう気持もわかるが、あいう対比のしかたはやはり僕には腑に落ちなかった。
織田　僕は形の上で言っているのじゃなくて……。
坂口　秋声など非常に尤もらしい小説だけれども、サルトルの方はあたりまえの小説だ……何というか、人間のいちばん当りまえのところだよ。秋声はそうじゃない。秋声の普通さというのはたとえばコロンバンか何かでコーヒー飲んでいる。その外を自動車でさあッと通る。そんなところが普通なんだよ。
織田　『縮図』なんて立派なものだけど、しかし若い者が書いたらおかしいでしょう。しかも若い者が目標にしたら尚おおかしいでしょう。サルトルというのはあすこから始めてもおかしくない。そういう意味で僕はサルトルのあの義眼の顔を面白いといったんです。で秋声は末期の眼だという、どっちを選ぶかというのだ。それを言ったに過ぎない。デフォルムの小説としてはファビアンの方をとる。しかしそういうデゾォルメをやれないのだよ。フランスじゃ……まともなんだ。やはり第一歩からやっているというところで、僕が持出す意味を認めたのだよ。
平野　日本の作家で第一歩からやり始めている作家というのはいないね。
織田　西鶴でもみなやったのだ、昔は……。

平野　いまは……。

織田　いまここに集まっている四人……しかしそんなこと言えないじゃないか。

平野　もう少し、面白い話題はないかなあ。

織田　太宰さん最近戯曲を書いていらっしゃるけれども、僕は若いときに戯曲を書いておった。日本の小説を読んだことがない。初めて読んだ小説は梶井基次郎……あれは高等学校も同じだし、病気も同じそういう興味で初めて読んだ。これは非常に面白いと思って……ところが、スタンダールをよんで、芝居より小説の方が面白いと思って小説を書き出した。ところが飜訳の文章じゃ小説は書けない。だからいろいろどんなやつがいるんだと思って……小林秀雄が志賀直哉や瀧井孝作などの美術工芸小説を褒めているでしょう。何だ、これが小説かと思って、やり出してへんなことになった。『赤と黒』というようなことから小説の面白さを発見しながら、面白くもない志賀直哉、瀧井孝作の小説を一生懸命読んで、その文体を真似なくちゃ小説を書けないということを、まだ若い身空で教え込まれた。いまの若い人たち、いろいろな小説、外国の小説を読むでしょう。だけど飜訳の文章は悪いでしょう。やはり名文は横光さん、川端さん、志賀さんとか言われて、結局その方から文章をとろうとするでしょう。やはり真似をしなくちゃなかなか書けないものね。だから、やはり横光さん、川端さん、志賀さんなんかから勉強して、文学というものを学んでやったって、ちっとも新しい文学は出て来ない。滅茶滅茶でもいいよ。サルトルを読んでから初めて小説が分って……なにも読まなくてもいいんだ。そこから入って行ったらいいじゃないか。やはり志賀さん、横光さん、川端さんから文学というものを教わってやっているから、へんに北條誠みたいなようになるんだ。

坂口　北條誠というのは癩病の小説を書いた男だろう。

織田　むちゃくちゃだよ、北条民雄だよ。

平野　太宰さん、今度戯曲は初めてですか。

太宰　初めてです。

平野　どういうわけで戯曲を書く気になったんです。

太宰　僕は戯曲を書きたかった。書くべくして書いた。作家というのは白痴なものですよ。どういうわけでと言われたって、あとでこじつけて……。

坂口　そうですね。実際自分自身が白痴とか何とか……何か外にももっと自分が持っているような気がするけれども嘘だものね。

太宰　ゲーテの対話エッケルマン（エッカーマン著『ゲーテとの対話』のこと）、あれだってゲーテがもっともらしいことを言って……そうして小説は、ヘルマンとドロテア、あんな他愛ない恋愛を書いているでしょう。何にもエッケルマンの対話には出ていない。尤も余はかくの如きものを書こうなどと言ったたって嘘だよ。余は如何にして何々主義者になりしか、なんて。

平野　しかし内村鑑三なんかやはり立派ですよ。実生活もなかなか波瀾万丈でね……。

太宰　あれは題はそうだけれども、そうでないものね。ほんとうになるべくしてなったというだけのもので、水が低きに流れるようなもので、飛躍もなにも……或る一夜において、こういう人からこう言われて、そこで霙の降る晩に外套もなく歩いておったときにフッと感じたと、よくあるじゃないの、嘘ばっかり。

坂口　僕は内村鑑三好きじゃない。ほんとうに女に惚れておらんものね。迷っておらんもの……。

太宰　でも女房を五たびくらいかえたのじゃないですか。あれは豪の者ですよ。さすがに僕も五たびは……。

坂口　精神的のことばかり言っているが、肉体のことを言っておらない。ああいうインチキなことは嫌いさ。女房をかえるのだったらもっと肉体的なことを言わなくちゃ嘘だ。

太宰　ヒルティなんかでも『眠られぬ夜のために』……眠られぬ夜はせんべい三枚食

べると一寸(ちょっと)空腹感が充(み)たされて眠れる、と書いてあるが、ああいうのはいいな。

坂口　恋愛の精神性というのは大嫌いだよ。やはり肉体から出て来なければ駄目だよ。

太宰　しかし、坂口さんの最近の作品には肉体性がちっとも出てない。

坂口　出て来るよ、これから……。

太宰　案外ピューリタンなんじゃないか。男色の方じゃないか。

坂口　そうでもないよ。しかしそういう肉体ということにやはり一応徹しなければ文学というものは駄目だね。気取り過ぎるよ。

太宰　だけど女房を寝取られたときの苦しさというのは気取った苦しさじゃない。つまりあの型でまたやったか……それだよ。煮湯を飲むというのはそれなんだ。

平野　そういう女房を寝取られたときの苦しさというような肉体的な……。

太宰　それは所有慾とか何とかいうものじゃない。

平野　そういうものはやはり坂口さんの文学に出ていないね。岩上順一がたしか坂口さんをエロ作家のなかに数えていたが、ちっともエロなんかありゃしない。おそらく観念的だ。

坂口　これから出て来るよ。

太宰　それじゃホームをつくりなさい。ホームをつくって大事にして……。

坂口　大事にする気がしない。寝取られることを覚悟しているということだよ。

太宰　弱いのだ。坂口さんは実に弱い人だね。最悪のことばかり予想して生活しているね。

坂口　ほんとうにそうだよ。僕は初めから……。

平野　いま三十代の作家というと、雑誌なんか見ると井上友一郎とか、なにとか、ああいう人が非常によく書いている。みんな力作なんだ。しかしなにか印象が稀薄なんだね。というのは、あのゼネレーションは一種のブランクがあるのじゃないかという気がする。

織田　あの辺やはりブランクだね。

坂口　あの辺三十代というのかね。しかしそんなこと言ったら俺と同じ時代じゃないか。俺は四十を越しているけれども……そういうことはない。つまりあのゼネレーションだね。太宰でも俺と同じゼネレーションだ。

織田　だからゼネレーションじゃない。もうこうなれば一人一人だ。

平野　やはりゼネレーションというものはあると思うね。坂口さんなどやはり僕らよりは先輩だよ。牧野信一と友達だなんて人は……。

織田　僕らの方がなにかゼネレーションを代表しているように思っているので、あれなんか僕ゼネレーションと思わない。ゼネレーション外れだよ。ゼネレーションにはゼネレーションの主張があるでしょう。主張がないのだもの、ゼネレーション外れだ。

坂口　いま若い三十代か四十代か知らんが、俺と同年輩か或は一寸以下か知らんが、面白い作家というのは一人もいないね。

平野　石川淳(じゅん)など面白いでしょう。

坂口　石川君は僕は……やはりそういうことをいうと、ゼネレーションというものの違いがはっきり感じられるね。

平野　やはり上ですか。

坂口　これは上だね。退屈ですよ。

平野　そうかなあ。僕は反対だなあ。僕は石川さんの『森鷗外(おうがい)』という本に非常に感心したのだが、ところがあの本ではゼネレーションの違いというものをほとんど感じなかった。

坂口　石川さんは無駄なことが非常に好きな人だね。

平野　それはどういうこと？

坂口　石川さんなるものについて、僕は石川淳のダンディということだね。石川さんのダンディズム、そっくり別な現実をでっちあげて、現実と混線していないから。

織田　しかし作品はダンディズムじゃないね。
平野　いや、ずいぶんハイカラだね。
織田　僕はハイカラな感じはしない。
坂口　それは君のダンディズムと違うんだ。ダンディの内容が各人同じということはない。これはやはり大阪と東京の違いだよ。たとえば北原武夫にダンディをちっとも感じないというのは、つまりダンディの母胎が違う。そして田舎にだってダンディはある。だが北原の場合は田舎のダンディというのでなしに、あれはどうも偽物だもの……。
太宰　北原武夫は偽物じゃないのですよ。僕は却って嘉村礒多に似たものを感じます。おしめの匂いがして……僕は『妻』というのを一つ読んだだけだけれども……。とても愚痴っぽくじめじめしていますよ。
織田　僕はあれは田舎者だと思う。都会人はスタイルなどということを言わない。都会人は野暮だからね。スタイルとか、お洒落だとかいうのは田舎者の証拠だ。
坂口　僕は北原のスタイルは嫌いだ。なぜ嫌いか、あのスタイルは文学の言葉でなく現実の女を口説く言葉だから。われわれも小説で女を口説くけど、われわれのは永遠の女を口説いているから。

太宰 負け惜しみを言っているな。

坂口 あれは現実の女を口説いている。そういうところがあるね。それはやはり北原の俗物性だと思うな。僕が女を口説くときは小説なんか決してだしに使わない。

太宰 あなたなんか小説をだしに使っても無駄ですよ。

織田 小説をだしに使えるような小説を書いていないのだ。小説をよませるとかえってふられる。

坂口 北原はしかしそうだよ。小説の中で現実の女を口説いているね。

太宰 そんなことはないだろう。

坂口 それは君たち肉体を持っておらんから……。

太宰 肉体肉体というけれども……。

織田 自分がいま関係している女のことを念頭において書いていることも事実だし、その女が読むということを勘定に入れていることも分るね。ラブ・レターだよ。

平野 しかし、北原武夫と嘉村礒多と同じだというのは面白いな。北原武夫が聞いたら、一ばんびっくりするよ。

坂口 舟橋は右翼だと言っているが。

平野 あれは喜んだろう。ちょっと北原武夫の思う壺(つぼ)だ。

坂口　一時はびっくりしたよ。が、一種の名言だね。

織田　何か『新潮』に書いておったね。思いがけぬ敗戦となり驚愕と狼狽を感じたとか何とか……文学という宿命というのもおかしい。

坂口　まあ北原のことはよそう。

平野　舟橋聖一が「織田作之助と俺とは違うんだ」というようなことを書いてたが、織田さんどうです。

坂口　それは面白いじゃないか。

織田　舟橋というのはチラチラ見せている。僕はぐっとまくるので……。

太宰　何をまくる……？　まくるものがないじゃないか。

織田　何をまくるかということに言葉で答えると舟橋聖一になるのだよ。

坂口　舟橋というのはなかなか面白いところがあるよ。小説は下手だけど……。

平野　いや、『律女覚え書』というのは巧いね。

坂口　あまり具体的に読んでおらんから言えないけれど……。

平野　大した巧さだ。傑作だよ。

太宰　傑作なんてそんな……あまり残酷だよ。僕たち、駄作ばかり書いている。

坂口　そうでもないよ。君など秀作を書き過ぎる方だよ。もっと大いに駄作を書いた方がいいのだ。太宰君は駄作を書かない人だな。

太宰　あなたはひどいよ。あなたは僕より少し年が上だ。それだけ甲羅が硬くて、あんなへんな傑作ばかり書くんだな。あれが嫌ですね。……織田作之助というのは一つも傑作がないのだろう。駄作ばかり……。

織田　ないんだ。それで何書いても面白いんだよ。何書いても誰と一緒に書いても俺のが一ばんくだらなくて、息もつかせず読める、ちっとも傑作じゃないのだよ。

太宰　息もつかせず……？

織田　読ませるよ。

坂口　そういうところはあるね。

太宰　織田作之助は旧いよ。旧くないか。

坂口　いやそうじゃない。太宰も旧いし、俺も旧い。俺たち一ばん旧いんだよ。

太宰　意外だね。それは意外な忠告だ。

坂口　そんなことはない。文学の歴史始まって、ギリシャの初からお前みたいなのがあった。それを意識しないのは、お前はただ時代時代に即してものを書いているだけの話で……。

太宰　そういうエピキュリアン……。

坂口　万葉詩人みたいに恋を時代感覚で語る最も素朴なインテリゲンチャだよ。
平野　素朴なインテリゲンチャなんてないよ。
坂口　俺もそうだ。進歩なんかありやしない。進歩がないところでいいじゃないか。
平野　大体人間に進歩というものはあるのですかね。
坂口　俺も知らんけれども、人間に関しては……恐らくギリシャが始まってから、人間に関しては一歩も進歩というものはないだろう。
太宰　でも表現は変るね。
平野　変るということは非常にある。
太宰　絵を見ていると表現がガラッと変る。変っているけれども、その変っている絵がいわゆる近代絵画という、いや、もうよそう、平野さん好きなんでしょう、近代絵画なんて……実際平野さん一等いいや、『近代文学』なんて鹿爪(しかつめ)らしくして……。
平野　冷やかしちゃ駄目だよ。どうも少しアレて来たね。
太宰　座談会はもういいよ。これくらいで……。
坂口　今度は文学でないことを喋べろうよ。
織田　今日は女房の話が出すぎたね。

平野　坂口さんなんか知りもしないくせして……。
坂口　俺しかし日本に住んでおって、女房を持たんというのは悪いみたいだね。
太宰　それはそうです。織田君どう思う。
織田　そういうことはあまり言わんことだな。黙ってやろうじゃないか。何か頻りにこだわっているようだね、そんなことに。
太宰　座談会はもうよそう。

（一九四六・一一・二二）

日付は七北数人『評伝　坂口安吾　魂の事件簿』（集英社）による。

座談会

歓楽極まりて哀情多し

太宰　治
坂口安吾
織田作之助

編集部　偶然にも今度、織田さんが大阪から来られて、また太宰さんは疎開先から帰って来られましたので、本当にいい機会ですから、今日の座談会は型破りというところで、ご自由に充分お話していただきたいと思います。

小股のきれあがった女とは

坂口　自然に語るんだね。
太宰　座談会をやることはぼくたちの生命ではない。政治家とか評論家とか、これが座談会を喜んでやる、生命なんです。ぼくは安吾さんにも織田君にも会って、飲むというだけの気持で出て来たのだよ。……傑作意識はいかん。
坂口　四方山話をしよう。

太宰　もっと傾向がウンと違った、仕様のない馬鹿がここにもう一人いると、また話が弾むことがあるかも知れない。
坂口　ぼくが最初に発言することにしよう。この間、織田君がちょっと言ったんで聞いたんだけれど、小股のきれあがった女というのは何ものであるか、そのきれあがっているとは如何なることであるか、具体的なことが判らぬのだよ。それはいったい、小股のきれあがっているというのは抑も何んですか！
太宰　それは井伏（鱒二）さんの随筆にあったね。ある人に聞いたら、そいつはこれだ、アキレス腱だ。（脚を敲いて）アキレス腱だ。それがきれあがったんだね。
織田　だから走れないのだね。
坂口　ハイ・ヒールを穿いた……。
織田　ぼくは、背の低い女には小股というものはない、背の高い女は小股というものを有っていると思うのだ。
坂口　しかし、小股というのはどこにあるのだ？
太宰　アキレス腱さ。
坂口　どうも文士が小股を知らんというのはちょっと恥しいな。われわれ三人が揃っておって……。

織田　小股がきれあがったというのは名詞でないのだ。形容詞なんだ。

太宰　だけどね。まア普通に考えれば、小股というのは、つまりぐっと脚が長くて……。

坂口　やはり、この間織田がそう言ったのだよ。そうすると、脚が長いとイヤなものですかね、女というものは？　しかし、脚が長いだけでは……。

太宰　そういうものでもないのだよ。

坂口　和服との関係だね。脚が長ければ裾が割れてヒラヒラするね。歩き方と露出する部分との関係、そういうものではないかなア……。

織田　非常に中年的なものだ。だから中学生が小股のきれあがった女に恋したというのはあまりない。

坂口　だけど、まだ小股のきれあがった女というものは判らない、どんなものか？

織田　判らないけれども、知っているんじゃないか。ぼくは眉毛が濃いということも一つの条件だとするね。

太宰　何かエロチックなものを感じさせるのに、大根脚というものがあるでしょう、こっちの足首まで同じ太さのがあるね、ああいうのが案外小股のきれあがったのかも知れんよ……。

織田　しかし、それは小股のたれさがったというのだよ。あれが日本人の……。

坂口　脚が長いという感じが伴わないといかんね。

太宰　安井曾太郎やなんかの裸体は、お湯へ入って太く短くなって見えるようでしょう。画家が好んでああいうものを描くでしょう。

織田　洋画家は欣ぶね。

太宰　エロチシズムはやはり若いような気がするね。風呂へ入ってバアッと拡がった脚がボッサリしていて、それこそ内股の深く剞られている感じの女は、裸にするとインワイではなくて、却って清潔な感じがする。

坂口　しかし、日本の昔の女にたいする感覚というのは、非常に肉体的でインワイなものだね。だいたいにおいて、精神美というものは何もないね。

太宰　ウン、芸者だとか娼婦だとかのいろいろな春画なんか、まるでいかんね。

坂口　ウン、まるでイカンね（傍らの女将に）あなた方は、小股のきれあがった女というのは、どういう風に考える、どういうことですか？　小股というのはどこにあるの？

女将　どこを言うんでございましょうね、判りませんわ。

太宰　アキレス腱だという説があるのだが。
女将　ハッキリしたひとを言うんじゃないんでしょうか。
織田　ハッキリというのはどういうことですか？
女将　グジャついていない。
太宰　キッパリ。黙阿弥のト書にあるキッパリ。そうすると今の○子なんぞ、だが、小股がきれあがってるのかね。
女将　そうなんでしょうね……。
太宰　今の女形で小股のきれあがっているのは誰だろう……。
織田　花柳なんかではないでしょうか。章太郎、――そうだろうね、あれはガラガラとした声で……。ぼくはいつか花柳章太郎の楽屋へ行ったのだよ。「蛍草」という鷗外さんの芝居で出を待っている。腰巻を出して寝床を敷いてるんでね。辟易したよ。僕はやはり小股のきれあがった感じを受けたね。ガラガラした声でね。
坂口　鉄火とも違うね。もっと色っぽいところがあるようだね。
太宰　鉄火は大股だよ。
女将　河合（武雄）さんがやった女形の方が小股のきれあがった感じが出ますね（花柳章太郎も河合武雄も新派を代表する女形役者）。

織田　大股、小股という奴があるわけだね。

いなせな男

太宰　男にないかしら、小股のきれあがった男というのはないかね。
織田　結局苦み走った、というのだろう。
女将　いなせなところのある……。
織田　苦みというのはどういうものかな。この男は苦いとか、甘いとかいうのは？
坂口　それは精神的なものだね。
織田　精神的だというけれども、女のひとは精神的な男が好きなようです。
坂口　やはり眉に来るな。額――、僕は額に来ると思うな。昔の江戸前で、何か額の狭いということを言うね。ああいう感じだね。狭い。
太宰　額の狭いというのは非常に魅力なんだよ。
坂口　江戸前の男を額の狭いという。あいつは苦み走った、額が狭くて眉の太い……。
太宰　いい容貌（ようぼう）。
織田　春画を見ても額の広い春画は出て来ないね。

太宰　春画が出ちゃ敵わねえ。
坂口　近ごろ皆額が広くなったからね、われわれ見当がつかなくなった。
太宰　しかし、一時日本の美学で額が広いのは色男だということがありましたね。ぼくの知っている文学青年で剃ったんだね。剃ったら月代のようになって、そいつを月代といって笑ったけれども……。
織田　額を広くする術はあるけれど……。
坂口　しかし、額が狭いという江戸時代の日本的美学というものは面白いね。
太宰　いいね。額があがっちゃ敵わねえよ。「婦系図」の主税なんかでも、飽くまでも額が狭い。（額に手をかざして）ここから……。
坂口　職人の感じだね。左官とか、大工とか、そういう……。
女将　め組の辰五郎とか。
織田　一番女にもてる人種だよ。
坂口　近頃はもてないよ。新円でもてるかも知れないが。

どんな女がいいか

坂口　女の魅力は東京よりか大阪にあるような気がするね。女というものは、本質的なものはないからな、やはり附焼刃の方が多いんじゃないかな。

織田　ぼくは大阪によらず、東京によらずだね……。

太宰　女は駄目だね。

坂口　ぼくは徹頭徹尾女ばかり好きなんだがなあ。

織田　ぼくはどんな女がいいか、——と訊かれたって、明確に返答出来ないね。

坂口　君はいろいろなことを考えているからな。形を考えたり……、着物を考えたり……。

織田　いやいや。その都度好きなんだよ。いま混乱期なんだ。前はやはり飽くまで背が高くて、痩せてロマンチックだとか、いろいろ考えていたけれども、今はもう何でもいい。

太宰　おれは乞食女と恋愛したい。

坂口　ウン。そういうのも考えられるね。

織田　もう何でもいいということになるね。

坂口　ぼくは近ごろ八つくらいの女の児がいいと思うな。

太宰　そういうのは疲れ果てた好色の後の感じで、源氏物語の八つくらいの女の児を育てるとか、裏長屋のおかみとか、そういうのは疲れ果てた好色の後だな。
坂口　インワイでないね、源氏物語は……。
太宰　可哀相(かわいそう)ですよ、あの光源氏というのは……。
坂口　インワイという感じがない。
太宰　何もする気がないのだよ。ただ子供にさわってみたり、あるいは継母の……。
坂口　醜女としてみたり……。
織田　自分の母親に似た女にほれるとか、自分の好みは、前の死んだ女房に似ているとか……。
太宰　却ってああいうのはインランだね。したいんだけれど、ただこじつけて死んだ女房に似ているという、あれはあわれだな、ああいうのは……。
坂口　それはね、調子とか、何か肉体的な健康というものはあるのだよ。それはちょっとわれわれ三人は駄目だと思うな。落第生だよ。
織田　しかし、われわれはあわれでないよ。お女郎屋へ行って、知っている限りの唄(うた)を歌ったり……。
太宰　ウン、唄を歌ってね……。
織田　しかし、ああいうのはやはりいじらしいよ。

太宰　歌うのは、酒を二杯飲めばもう歌っている。歌いたくて仕様がない。二杯飲めば……。

歓楽極まりて哀情多し

坂口　「歓楽極まりて哀情多し」というのは芸術家でないとないね。凡人にはちょっとないね。
太宰　歌が出るのは健康だね。
織田　新婚の悲哀。
坂口　哀情は出るね、ああいうやつは必ずあわれだよ。
太宰　料理屋から出てくるでしょう。それから暗い路（みち）へ出て、「今日は愉快だったね」というだろう。ぼくはあれを見ると、実は情けないのだ。「今日は愉快だったね」っていうのが……。
織田　何か、「おい頑張れ」なんかともいうだろう、あれはいったい、何を頑張るんだよ。
太宰　それをやったよ。

坂口　まだ頑張れの方がいい。哀情というのがないかんね。
太宰　ああいう人達は寂しいのだね。それだから、「今日は愉快だったね」というんだろうね。
織田　寂しいのだよ。
太宰　温泉やなんかへ行くだろう。すぐ宿のハガキを取寄せて書いているのだ。
坂口　あれが実に名文なんだよ。宿屋のハガキで書くのが、ぼくらなんかよりずっと文章が巧(うま)いよ。そういう文章の巧さでいったら、ぼくら悪文だよ。
織田　大悪文だ！
太宰　殊(こと)にぼくなんか。
坂口　女房や子供を説得する力というものはぼくらの領分ではないよ。
織田　文章だけでなしに、何につけても……。「ここがよかったら、もう一度来い」なんていわれて、また想(おも)い出して行くなんというのは、実際あわれだね。（笑声）
太宰　絵はがきの裏に、「ここへまた来ました」なんて……。
織田　帰りに宿屋を立ち出る時に、女中の名前を訊いて、「また来るよ、来年必ず来る、覚えておいてくれ」とかいって……。
太宰　身の上話をしてね。

織田　名刺を出して……。

坂口　あれもなかなかいいところがあるものです。

太宰　ぼくは身の上話というのはイヤだね。

坂口　あれはいいものだよ。

織田　いいものといっても一種の技巧だよ。身の上話を聴いてやる男は、必ず成功するね。

振られて帰る果報者

坂口　ところが、太宰さんは関西を何も知らない。静岡までしか行かないからね。ぼくは関西好きだな。

織田　関西か——。

坂口　しかし、実際ぼくはね、関西へ行った感じでいうと、祇園(ぎおん)に誰かが言った可愛(かわ)いい女の子というのはいなかった。三十何人か会ったうち、二十七人ぐらいは見た。しかし、一人もいい子はいなかったよ、あの時はね。

織田　先斗町(ぽんとちょう)の方が居(お)ります。

坂口　そう……。
太宰　気品というものは却ってある。
坂口　二流に気品をもっていますね。
織田　木屋町なんかにはいますね。一番雇女にいますね。まア不見転芸者みたいなものだけれども……。
坂口　月極めという制度があるの？
織田　月極めはない。雇女はその都度。それは芸者だよ。
坂口　雇女は月極めで来るんじゃないか。
織田　あれはその都度。芸者が月極めなんですよ。東京の人はそれを知らないから……。
坂口　だからぼくは勘違いしておった。
織田　祇園なんかへ行くでしょう。お茶屋の女将が、「泊りなさい」とかいって、それから歌麿のような女が寝室へ案内に出て、何か紅い行灯の灯が入ってるところで、長襦袢なんかパアパアさせて、そのますぐ「サイナラ」といって帰って行く、あれはちょっと残酷な響だよ。
坂口　怖い響だね、「サイナラ」という響はね……。

織田　その時は薄情に聞える。
太宰　女郎は「お大事に」というね。
織田　「サイナラ」でも、惚れている男に言うのと惚れていない男に言うのと大分違うね。その都度違うね。蛇蝎のように女に嫌われていると……。
太宰　嫌われた方がいいな。
織田　嫌われる方が一番いいんじゃない。
太宰　振られて帰る果報者か……。
坂口　もてようという考えをもっては駄目だよ。ところで、これが人間のあさましさだな、やはりもてない方がいい。ところが、京都へ行くと、そういうことを感じなくなるね。ああいうところへ行くとおれみたいな馬鹿なやつでも、もてようとか、えらくなろうとか、という感じを持てなくなってしまって、なんかこう流水のような、自然にどうにでもなりやがれ、という感じになってしまう。
織田　いま、一銭銅貨というものはないけれども、ああいうものをチャラチャラずぼんに入れておいて、お女郎がそれを畳むときに、バラバラとこぼれたりするだろう、そうするともてる。
太宰　どうするの？

織田　こいつは秘訣だよ。
太宰　一銭銅貨を撒くの？
織田　ポケットに入れておいて、お女郎がそれを畳もうとすると、バラバラこぼれるだろう。それがもてるんですよ。
太宰　ウソ教えている。
織田　百円札なんか何枚もあるということを見せたら、絶対にもてないね。
太宰　ウソ教えている。
坂口　そういう気質はあるかも知れない。京都でびっくりしたのは、一皮剝くというやつがある。例えば祇園の女の子なんか一皮剝かないと美人になれないという。七ツ八ツのやつを十七八までに一皮むくんだね。ほんとにむけるそうだよ。むけるものだ。渋皮がむけるというのは、きっとそれだと思う。しかし、こすってるそうだよ。検番の板場の杉本老人というのに聞いたんだが、ほんとうにこすっているそうだよ。姉さん芸者が子供を垢摩りでゴシゴシこすってるそうだよ。しかしね。こういう話は、現実的な伝説が多いので、割合にぼくは信用出来ないと思うけれどね。ヒイヒイ泣いているそうだよ。痛がってね……。そういうことを言っていたのだよ。

女を口説くにはどんな手が……

織田　何かぼくら関西の話で、そういう伝説的なあれを聞くけれども、実際に見ないのだね。関西の言葉でも、「こういう言葉があるか」と訊かれたって、ぼくは聞かないのだね。京都弁より大阪弁の方が奥行があるのですよ。誰が書いても京都弁は同じだけれども、大阪弁は誰が書いても違う。同じなのは、「サイナラ」だけだと思いますね。

坂口　ぼくが君たちに訊きたいと思うことはね、日本の小説を読むと、女の方が男を口説いている。これはどういう意味かな。たいがいの小説はね。昔から男の方が決して女を口説いておらぬのだね。

織田　あれは作者の憧れだね。現実では……。

坂口　どうも一理あるな、憧れがあるというのは……。

太宰　でも、近松秋江がずいぶん追駈けているね。荷車に乗ったりなんかしてね……。

坂口　現代小説の場合でもたいがいそうだよ。女が男を口説いている。こういう小説のタイプというものは変なものだね。

織田　そう。健康じゃないね。
太宰　兼好法師にあるね。女の方から、あな美し(うつく)の男と間違うて変な子供を生んでしまった。
坂口　すべての事を考え、ぼくたちの現実を考えて、男の方が女を口説かなかったら駄目だろう。
織田　ぼくらがやはり失敗したのはね、女の前で喋り(しゃべ)すぎた。
太宰　ちょっと横顔を見せたりなんかして、口唇をひきつけて……。
坂口　日本のような口説き方の幼稚な国ではね、ちょっと口説き方に自信のあるらしいようなポーズがあれば、必ず成功するね。ぼくはそう思うね。日本の女なんというのは、口説かれ方をなんにも知らんのだからね……。
太宰　だから口説かれるんじゃないの……。
坂口　口説く手のモデルがない。男の方がなにももっていない。
織田　ぼくは友達にいったのだけれど、ここでひとつ教えてやろう。「オイ」といえばいいんだ……。「オイ」といえばね。
太宰　言ってみよう。それで失敗したら織田の責任だぞ。「オイ」なんて反対に殴られたりしちゃって……。

素人と玄人と

坂口　ところで、祇園あたりはあれかい、舞妓というのにも旦那様があるのかい？
織田　ない。舞妓の旦那になるということはね。舞妓の水揚げをするというのだよ。舞妓自身は、……一本になるとか、衿替えとかね。それは判るんだよ。あの児はもう三月もすれば衿替えをするとか言ってね。
坂口　そういう生活費はどうなるの、あとはお前は誰に惚れてもいい、ということになるの？
織田　ならない。
坂口　やはり旦那様が？
織田　そう。素人のよさが出ていると思うね。
太宰　素人も何もちっとも面白くないじゃねえか。
坂口　やはり素人のよさがあるのだよ。あれは大変なものだ。
太宰　筋が？
坂口　君は玄人過ぎるんだよ。そういう点でね……。ぼくは半玄人だけれど、君は一番玄人だ。

太宰　井伏さんというのは玄人でしょう。「お前は羽織を脱がないからいけない」羽織を脱げ、芸人のように羽織を脱げ脱げというのだよ。

坂口　もっと素人だよ。もっと純粋の素人だけれど……。

織田　ぼくは人知れず死んで仰向けになって寝ているというのは好きなんだよ。

坂口　物語というのは作れないのだね、日本人というものは……。

太宰　そうなんですね。

坂口　太宰君なんか、君みたいな才人でも、物語というものは話に捉（とら）われてしまう。飛躍が出来ない。物語というものは飛躍が大切なんだ。

太宰　こんどやろうと思っているのですがね。四十になったら……。

坂口　飛躍しないと……。

太宰　ぼくはね、今までひとの事を書けなかったんですよ。この頃すこうしね、他人を書けるようになったんですよ。ぼくと同じ位に慈（いつく）しんで——慈しんでというのは口（くち）幅（はば）ったい。一生懸命やって書けるようになって、とても嬉（うれ）しいんですよ。何か枠がすこうしね、また大きくなったなアなんと思って、すこうし他人を書けるようになったのですよ。

坂口　それはいいことだね。何か温たかくなればいいのですよ。

織田　ぼくはいっぺんね、もう吹き出したくなるような小説を書きたい。ぼくは将棋だって、必ず一手、相手が吹き出すような将棋を差す。

坂口　一番大切なことは戯作者（げさくしゃ）ということだね。面倒臭いことでなしに、戯作者というとが大切だ。これがむずかしいのだ。ひとより偉くない気持ち……。

女が解らぬ、文学が解らぬ

織田　ぼくは欠陥があって、画が解（わか）らない。

太宰　文学が解らぬ。女が解らぬ。

坂口　何もわからぬ。ぼくは今のインチキ絵師のものだけは解る。

太宰　三人はみなお人好（ひとよ）しじゃないかと思うのだ。

織田　ウン、そうだ。

坂口　すべてひどい目にあって、――ひどい目にあいますよ。

織田　やがて都落ちだよ。一座を組んで……。

坂口　そんなことはないよ。おれが頑張ったら……。このおれが……。

太宰　あなた（坂口氏に）が一番お人好しだよ。好人物だ。
織田　今、東京で芝居しているけれども、やがてどっかの田舎町の……。
坂口　そうじゃないよ。太宰が一番馬鹿だよ。
織田　今に旅廻りをする。どっか千葉県か埼玉県の田舎の部落会で、芝居をしてみせる。色男になるよ。一生懸命に白粉（おしろい）を塗ってね。
編集部　大変お話しが面白くなってきましたが、今日はこのへんで、どうも。

（一九四六・一一・二五）

大阪の反逆

——織田作之助の死——

将棋の升田七段が木村名人に三連勝以来、大阪の反逆というようなことが、時々新聞雑誌に現われはじめた。将棋のことは門外漢だが、升田七段の攻撃速度は迅速意外で、従来の定跡が手おくれになってしまう（時事新報）のだそうで、新手の対策を生みださぬ限り、この攻撃速度に抗することができないだろう、と云う。新たなるものに対するジャーナリズムの過大評価は見なれていることだから、私は必ずしもこの評判を鵜のみにはしないが、伝統の否定、将棋の場合では定跡の否定、升田七段その人を別に、漠然たる時代的な翹望が動きだしているような気がする。

織田作之助の二流文学論や可能性の文学などにも、彼の本質的な文学理論と同時に、この時代的な翹望との関聯が理論を交える一つの情熱となっているように思われる。

織田は阪田八段の「銀が泣いてる」に就て述べているが、私は、最初の一手に端歩をついたという衒気の方が面白い。第一局に負けて、第二局で、又懲りもせず、端歩をついたという馬鹿(ばか)な意地が面白い。

私はいつか木村名人が双葉山を評して、将棋では序盤に位負けすると最後まで押されて負けてしまう。名人だなどと云っても序盤に立ちおくれてはそれまでで、立ち上りに位を制することが技術の一つでもあり名人たるの力量でもあるのだから、双葉の如(ごと)く、敵の声で立上り、敵に立上りの優位を与えるのが横綱たるの貫禄(かんろく)だという考え方はどうかと思う、ということを述べていた。

序盤の優位ということが分らぬ阪田八段ではなかろうけれども、第一手に端歩を突いたということは、自信の表れにしても軽率であったに相違ない。私は木村名人の心構えの方が、当然であり、近代的であり、実質的に優位に立つ思想だと思うから、阪田八段は負けるべき人であったと確信する。阪田八段の奔放な力将棋には、近代を納得させる合理性が欠けているのだ。それ故(ゆえ)、事実に於(お)て、その内容（力量）も貧困であったと私は思う。第一手に端歩をつくなどというのは馬鹿げたことだ。

伝統の否定というものは、実際の内容の優位によって成立つものだから、コケオドシだけでは意味をなさない。

然(しか)し、そのこととは別に私が面白いと思うのは、八段ともあろう達人が、端歩をついたということの衒気である。

フランスの文学者など、ずいぶん衒気が横溢しており、見世物みたいな服装で社交界に乗りこむバルザック先生、屋根裏のボードレエル先生でも、シャツだけは毎日垢のつかない純白なものを着るのをひけらかしていたというが、これも一つの衒気であり、現実の低さから魂の位を高める魔術の一つであったのだろう。

藤田嗣治はオカッパ頭で先ず人目を惹くことによってパリ人士の注目をあつめる方策を用いたというが、その魂胆によって芸術が毒されるものでない限りは、かかる魂胆は軽蔑さるべき理由はない。人間の現身などはタカの知れたものだ。深刻ぶろうと、茶化そうと、芸術家は芸術自体だけが問題ではないか。誰だって、無名よりは有名がよかろう、金のないより、有る方がよい。尤も、有名になり、金を握ってみて、その馬鹿らしさにウンザリしたというなら、それも結構だけれども、自ら落伍者で甘んじる、ただ仕事だけ残せばいいという、その孤独な生活によって仕事自体が純粋高尚であり得るという性質のものではない。

現世的に俗悪であっても、仕事が不純でなく、傑れたものであれば、それでよろしいので、日本の従来の考え方の如く、シカメッ面をして、苦吟して、そうしなければ傑作が生れないような考え方の方がバカげているのだ。清貧に甘んじるとか、困苦欠乏にたえ、オカユをすすって精進するとか、それが傑作を生む条件だったり、作家と作品を神聖にするものだという、浅はかな迷信であり、通俗的な信仰でありすぎる。こういう日本的迷信に対して反逆し得る文化的地盤は、たしかに大阪の市民性に最も豊富にあるようだ。

京都で火の会の講演があったとき、織田は客席の灯を消させ、壇上の自分にだけスポットライトを当てさせ、蒼白な顔に長髪を額にたらして光の中を歩き廻りながら、二流文学論を一席やったという。

こういう織田の衒気を笑う人は、芸術に就て本当の心構えのない人だろう。笑われる織田は一向に軽薄ではなく、笑う人の方が軽薄なので、深刻ヅラをしなければ、自分を支える自信のもてない贋芸術の重みによたよたしているだけだ。

先頃、織田と太宰と平野謙と私との座談会があったとき、織田が二時間遅刻したので、太宰と私は酒をのんで座談会の始まる前に泥酔するという奇妙な座談会であったが、速記が最後に私のところへ送られてきたので、読んでみると、織田の手の入れ方が変っている。

だいたい座談会の速記に手を入れるのは、自分の言葉の言い足りなかったところ、意味の不明瞭なところを補足修繕するのが目的なのだが、織田はそのほかに、全然言わなかった無駄な言葉を書き加えているのである。

それを書き加えることによって、自分が利口に見えるどころか、バカに見えるところがある。ほかの人が引立って、自分がバカに見える。かと思うと、ほかの人がバカに見えて自分が引立つようなところも在るけれども、それが織田の目的ではないので、織田の狙いは、純一に、読者を面白がらせる、というところにあるのである。だから、この書き加えは、文学の本質的な理論にふれたものではなく、ただ世俗的な面白さ、興味、読者が笑うようなことばかり、そういう効果を考えているのである。

理論は理論でちゃんと言っているのだから、その合いの手に、時々読者を笑わせたところで、それによって理論自体が軽薄になるべきものではないのだから、ちょっと一行加筆して読者をよろこばせることができるなら、加筆して悪かろう筈はない。

織田のこの徹底した戯作根性は見上げたものだ。永井荷風先生など、自ら戯作者を号しているが、凡そかかる戯作者の真骨頂たる根性はその魂に具わってはおらぬ。濹東綺譚に於ける、他の低さ、俗を笑い、自らを高しとする、それが荷風の精神であり、彼は戯作者を衒い、戯作者を冒瀆する俗人であり、即ち自ら高しとするところに文学の境地はあり得ない。なぜなら、文学は、自分を通して、全人間のものであり、全人間の苦悩なのだから。

江戸の精神、江戸趣味と称する通人の魂の型は概ね荷風の流儀で、俗を笑い、古きを尊び懐しんで新しきものを軽薄とし、自分のみを高しとする。新しきものを憎むのはただその古きに似ざるが為であって、物の実質的な内容に就て理解すべく努力し、より高き真実をもとめる根柢の生き方、あこがれが欠けている。これの卑小を省る根柢的な謙虚さが欠けているのだ。わが環境を盲信的に正義と断ずる偏執的な片意地を、その狂信的な頑迷固陋さの故に純粋と見、高貴、非俗なるものと自ら潜思しているだけのこと、わが身の程に思い至らず、自ら高しとするだけ悪臭芬々たる俗物と申さねばならぬ。

大阪の市民性にはかかる江戸的通念に対して本質的にあべこべの気質的地盤がある。たとえば、江戸趣味に於ては軽蔑せられる成金趣味が大阪に於てはそれが人の子の当然なる発露として謳歌せられる類いであって、人間の気質の俗悪の面が甚だ素直に許容せられている。

織田が革のジャンパーを着て、額に毛をたらして、人前で腕をまくりあげてヒロポンの注射をする、客席の灯を消して一人スポットライトの中で二流文学を論ずる、これを称して人々はハッタリと称するけれども、こういうことをハッタリの一語で片づけて小さなカラの中に自ら正義深刻めかそうとする日本的生活の在り方、その卑小さが私はむしろ侘びしく、哀れ悲しむべき俗物潔癖性であると思うが如何。

むしろかかる生活上の精力的な、発散的な型によって、芸術自体に於ては逆に沈潜的な結晶を深めうる可能性すらあるではないか。生活力の幅の広さ、発散の大きさ、それは又文学自体のスケールをひろげる基本的なものではないか。

文学は、より良く生きるためのものであるという。如何に生くべきかであるという。然し、それは文学に限ったことではなく、哲学も宗教もそうであり、否、すべて人間誰しもが、各々如何に生くべきか、より良き生き方をもとめてやまぬものである故、その人間のものである文学も亦、そうであるにすぎないだけの話である。然し文学は、ただ単純に思想ではなく、読み物、物語であり、同時に娯楽の性質を帯び、そこに哲学や宗教との根柢的な差異がある。

思うに文学の魅力は、思想家がその思想を伝えるために物語の形式をかりてくるのでなしに、物語の形式でしかその思想を述べ得ない資質的な芸人の特技に属するものであろう。

小説に面白さは不可欠の要件だ。それが小説の狙いでなく目的ではないけれども、それなくして小説は又在り得ぬもので、文学には、本質的な戯作性が必要不可欠なものであると私は信じている。

我々文士は諸君にお説教をしているのではない。解説をしているのでもない。ただ人間の苦悩を語っているだけだ。思想としてでなしに、物語として、節面白く、読者の理智のみではなく、情意も感傷も、読者の人間たる容積の機能に訴える形式と技術とによって。文士は常に、人間探求の思想家たる面と、物語の技術によって訴える戯作者の面と、二つのものが並立して存立するもの、二つの調和がおのずから行われ、常に二つの不可分の活動により思想を戯作の形に於て正しく表現しうることしか知らないところの、つまりは根柢的な戯作者たることを必要とする。なぜなら、如何に生くべきかということは、万人の当然なる態度であるにすぎないから。

然し単なる読み物の面白さのみでは文学では有り得ないのも当然だ。人生に対する省察の深さ、思想の深さ、それは文学の決定的な本質であるが、それと戯作者たること、牴触(ていしょく)すべき性質のものではないという文学の真実の相を直視しなければならぬ。我々の周囲には思想のない読み物が多すぎる。読み物は文学ではない。ところが、日本では、読み物が文学として通用しているのだから、私が戯作者というのを、単なる読み物作家と混同したり、時にはそれよりももっと俗な魂を指しているのかと疑(うたぐ)られたりするような始末である。

文学者が戯作者でなければならぬという、その戯作者に特別な意味があるのは、小説家の内部に思想家と戯作者と同時に存して表裏一体をなしているからで、日本文学が下らないのは、この戯作者の自覚が欠けているからだ。戯作者であることが、文学の尊厳を冒瀆するものであるが如くに考える。実は、あべこべだ。彼等の思想性が稀(き)薄(はく)であり、真実血肉の思想を自覚していないから、戯作者の自覚もあり得ない。戯作者という低さの自覚によって、思想性まで低められ卑(いや)しめられ辱(はずかし)められるが如くに考えるのであろう。

そして志賀直哉の文学態度などが真摯(しんし)、高貴なものと考えられて疑ることまで忘れられてしまうのだが、あそこには戯作性が欠けているという、つまりロマン的性格の欠如、表向きそう見えることが、実は志賀文学の思想性に本質的な限定が加えられ歪(ゆが)められていることでもあるのを見落してはならぬ。

志賀直哉の態度がマジメであるという。悩んでいるという。かりそめにも思想を遊んでいないという。然し、そういう態度は思想自体の深度俗否とかかわりはない。態度がマジメだって、いくら当人が悩んでみたって、下らない思想は下らない。ところが志賀文学では、態度がマジメであることが、思想の正しさの裏打ちで、悩むことが生き方の正しさの裏打ちで、だからこの思想、この小説はホンモノだという。文学の思想性を骨董品(こっとうひん)の鑑定のようなホンモノ、ニセモノに限定してしまった。おまけに、なぜホンモノであるかと云えば、飛躍がなく、戯作性がなく、文章自体が遊ばれていないこと、作者がその心を率直に（実は率直らしくなのだが）述べていること、それだけの素朴な原理だ。

作者が悩んでいるから、思想が又文学が真実だ。態度がマジメだから、又、率直に真実をのべているから、思想が又文学が真実だという。これは不当な又乱暴な、限定ではないか。素朴きわまる限定だ。

俺が、こう思った、こう生活した、偽りのない実感にみちた生活だ、という。そういう真実性は思想の深さとは何の関係もない。いくら深刻に悩んだところで、下らぬ悩みは下らないもので、それが文学の思想の深さを意味する筈はなく、むしろ逆に、文学の思想性というものをそういう限定によって断ちきって疑ることを知らないところに、思想性の本質的な欠如、この作者の生き方の又文学の根本的な偽瞞(ぎまん)がある、浅さがある。

志賀直哉は、本質的に戯作者を自覚することの出来ない作者で、戯作者の自覚と並立しうる強力な思想性をもたないのだ。こういう俗悪、無思想な、芸のない退屈十万な読み物が純文学の本当の物だと思われ、文学の神様などと云われ、なるほどこれだったら、一応文章の修練だけで、マネができる。ほんとの生活をありのまま書けば文学だという、たかが小手先の複写だから、実に日本文学はただ大人の作文となり、なさけない退化、堕落をしてしまった。

ただ生活を書くという、この素朴、無思想の真実、文章上の骨董的なホンモノ性、これは作文の世界であって、文学とは根本的に違う。つまり日本文学には文学ならざる読み物の流行と同時に、更にそれよりも甚しく、読み物ですらもない作文が文学の如くに流行横行していたのである。戯作性の欠如が同時に思想性の欠如であった。のみならず、その欠点をさとらずに、逆に戯作性を否定し、作者の深刻めかした苦悶の露出が誠実なるもの、モラルだという。かくして、みじめ千万な深刻づらをひけらかしたり、さりげなくとりすました私小説のハンランとなって、作家精神は無慙に去勢されてしまったのだ。

織田が可能性の文学という。別に目新らしい論議ではない。実はあまりにも初歩的な、当然きわまることなので、文学は現実の複写ではないという、紙の上の実在にすぎないのだから、その意味では嘘の人生だけれども、かかる嘘、可能性の中に文学本来の生命がある、という。文学は人性を探すもの、より良き人生をもとめるものなのだから、可能性の中に文学上の人生が展開して行くのは当然なことで、単なる過去の複写の如きは作文であるにすぎず、文学は常に未来のためのものであり、未来に向けて定着せられた作家の目、生き方の構えが、過去にレンズを合せたときに、始めて過去が文学的に再生せられる意味をもつにすぎない。

大阪の性格は気質的に商人で、文学的には戯作者の型がおのずから育つべきところであるから、日本文学の誠実ぶった贋物（にせもの）の道徳性、無思想性に、大阪の地盤から戯作者的な反逆が行われることは当然であったろう。

然し、大阪的な反逆というのは、まことに尤（もっと）もなようで、然し、実際は意味をなさない。ともかく大阪というところは、東京と対立しうる唯一（ゆいいつ）の大都市で、同時に何百年来の独自な文化をもっている。おまけに、その文化が気質的に東京と対立して、東京が保守的であるとすれば、大阪はともかく進歩的で、東京に懐古型の通とか粋というものが正統であるとすれば、大阪は新型好みのオッチョコチョイの如くだけれども、実質的な内容をつかんでおるので、東京の芸術が職人気質（かたぎ）、名人気質の仙人的骨董的神格的なものであるとき、大阪の芸術は同時に商品であることを建前としている。かくの如くに両都市が気質的にも対立しているのだから、東京への反逆、つまり日本の在来文化への反逆が、大阪の名に於て行われることも、一応理窟（りくつ）はある。

然しながら、大阪は、たかが一つの都市であり、一応東京に対立し、在来の日本思想の弱点に気質的な修正を与えうる一部の長所があるにしても、それはただその点に就てだけで、全部がそうであるわけでもなく、絶対のものではない。反逆は絶対のものであり、その絶対の地盤から為（な）さるべきものであって、一大阪の地盤によって為さるべきものではない。

織田の可能性の文学は、ただ大阪の地盤を利用して、自己の論法を展開する便宜の具としているまでの如くであるけれども、然し、織田の論理の支柱となっている感情は、熱情は、東京に対する大阪であり、織田の反逆でなしに、大阪の反逆、根柢にそういう対立の感情的な低さがある。

それは彼の「可能性の大阪」（新生）の大阪の言葉に於て歴然たるものがあって、ここで彼は大阪の言葉を可能性に於てでなしに、むしろ大阪弁に美を、オルソドックスを信じているから。

芸術は現実の複写ではない、作るべきもの、紙上の幻影（実在）だという。これは鉄則ではないか。彼が、人々の作品の大阪弁を否定するのはよろしいが、そのオルソドックスを自らの作品に於て自ら作った大阪弁に於て主張せず、実在する大阪弁に見出し主張しているのは矛盾である。

文学は紙上以外に実体をもとめる必要はないものだ。谷崎が藤沢が各々の大阪弁をつくってよろしいので、それが他の何物かに似ていないということは、どうでもいい。

織田は志賀直哉の「お殺し」という言葉が変だというが、お殺しが変ではなく、使い方がヘタなのだろう。お殺しなど、愛嬌があって面白く、私は変だと思わないし、だいたい作中人物の言葉などというものは、言葉自体にイノチがあるのではなく、それがそれを使用する人物の性格美と結びついて動きだす人間像の一つの歯車として、イノチも綾も美も色気も籠っている。独立した言葉だけの美などというのは、実は作文の領域で、文学とは関係のないことなのである。

織田が二流文学というときには、一流文学のノスタルジャがある。二流などと言ってはいかぬ。一流か無流か、一流も五流も、ある必要はない。

そして織田は、日本の在来文学の歪められた真実性というものを否定するにも、文学本来の地盤からでなしに、東京に対する大阪の地盤から、そういう地盤的理性、地盤的感情、地盤的情熱を支柱として論理を展開してしまった。

私は先に阪田八段の端歩のことを言った。これは如何にも大阪的だ。然し、大阪の良さではなく、大阪の悪さだ。少くとも、この場合は、大阪の悪さなのである。なぜなら、木村名人の序盤に位負けしては勝負に負ける、序盤に位勝ちすること自体が力量の優位なのだから、というオルソドックスの前では当然敗北すべき素朴なハッタリにすぎないのだから。木村名人のこの心構えは、東京の地盤とは関係がない。これは万国万民に遍在するただ真理の地盤に生れたものだ。

私はいわゆるハッタリと称するものを愛している。織田が暗闇の壇上でスポットライトに浮きあがって一席弁じたり、座談会の速記にただ人を面白がらせる文句を書きこんだり、そういう魂胆を愛している。だがそれは、あくまで文学本来の生命を、それによって広く深く高める意味に於てであり、そのための発散の効果によってのことであって、文学本来のイノチをそれによってむしろ限定し低くするなら意味がない。阪田八段の端歩は、まさしくハッタリによって芸術自体を限定し低めてしまったバカバカしい例であり、大阪の長所はここに於て逆転し、最大の悪さとなっている。それは大阪というものの文化的自覚が、真理の場に於て自立したものではなく、東京との対立に於て自立自覚せられているからで、そこに大阪の自覚のぬけがたい二流性が存している。かかる対立によって自立せられるものは、対立の対象が一流であれ何流であれ、本人自体は亜流の低さから、まぬがれることはできない。

今日ジャーナリズムが大阪の反逆などというのは馬鹿げている。反逆は大阪の性格、大阪の伝統の如きものによって、為さるべきものではない。文学は文学本来の立場によってのみ反逆せられねばならぬ。

織田は悲しい男であった。彼はあまりにも、ふるさと、大阪を意識しすぎたのである。ありあまる才能を持ちながら、大阪に限定されてしまった。彼は阪田八段の端歩を再現しているのである。

だが我々に織田から学ぶべき大きなものが残されている。それは彼の戯作者根性ということだ。読者を面白がらせようというこの徹底した根性は、日本文学にこれほど重大な暗示であったものは近頃例がないのだが、壇上のスポットライトの織田作は神聖なる俗物ばらから嘲笑せられるばかりであった。

まさしく日本文学にとっては、大阪の商人気質、実質主義のオッチョコチョイが必要なのだ。文学本来の本質たる厳たる思想性の自覚と同時に、徹底的にオッチョコチョイな戯作者根性が必要なのだ。かかる戯作者根性が日本文学に許容せられなかった最大の理由が、思想性の稀薄自体にあり、思想に対する自覚自信の欠如、即ちその無思想性によって、戯作者の許容を拒否せざるを得なかった。鼻唄をうたいながら文学を書いてはいけなく、シカメッ面をしてシカメッ面をしか書くことができなかったのである。

我々が日常諸方に人々から同じことをやられてウンザリするのは、「私の身の上話は小説になりませんか」「私の身の上話をきいて下さい」ということだ。そういう身の上話は然し陳腐で、ありふれていて、ききばえのある話などは、先ず、ないものだ。然し、それを笑うわけには行かぬ。我々が知らねばならぬことは、身の上話のつまらなさではなく、身の上話を語りたがる人の心の切なさであり、あらゆる人が、その人なりに生きている各々の切なさと、その切なさが我々の読者となったとき、我々の小説の中に彼等がその各々の影を追うことの素朴なつながりに就てである。純文学の純の字はそういう素朴な魂を拒否せよという意味ではない。ただ、如何に生くべきか、思想というものが存している、その意味であり、それに並存して、なるべく多くの魂につながりたいという戯作者がいる。あらゆる人間の各々のいのちに対する敬愛と尊重といたわりは戯作者根性の根柢であり、小説の面白さを狙うこと自体、作者の大いなる人間愛、思想の深さを意味するものでもあることを知らねばならぬ。

孤高の文学という。然し、真実の孤高の文学ほど万人を愛し万人の愛を求め愛に飢えているものはないのだ。スタンダールは、余の小説は五十年後に理解せられるであろうと、たしかに彼はそう書いている。然し、それだけが彼の心ではない。彼はただちょっと口惜しまぎれに、シャレてみただけだ。五十年後の万人に理解せられるであろう、と。五十年後でなくたって、構わないにきまっているのだ。

日本文学は貧困すぎる。小説家はロマンを書くことを考えるべきものだ。多くの人物、その関係、その関係をひろげて行く複雑な筋、そういう大きな構成の中におのずと自己を見出し、思想の全部を語るべきものだ。

小説は、たかが商品ではないか。そして、商品に徹した魂のみが、又、小説は商品ではないと言いきることもできるのである。

（一九四七年）

不良少年とキリスト

もう十日、歯がいたい。右頰に氷をのせ、ズルフォン剤をのんで、ねている。ねていたくないのだが、氷をのせると、ねる以外に仕方がない。ねて本を読む。太宰の本をあらかた読みかえした。

ズルフォン剤を三箱カラにしたが、痛みがとまらない。是非なく、医者へ行った。一向にハカバカしく行かない。

「ハア、たいへん、よろしい。私の申上げることも、ズルフォン剤をのんで、氷囊をあてる、それだけです。それが何より、よろしい」

こっちは、それだけでは、よろしくないのである。

「今に、治るだろうと思います」

この若い医者は、完璧な言葉を用いる。今に、治るだろうと思います、か。医学は主観的認識の問題であるか、薬物の客観的効果の問題であるか。ともかく、こっちは、歯が痛いのだよ。

原子バクダンで百万人一瞬にたたきつぶしたって、たった一人の歯の痛みがとまらなきゃ、なにが文明だい。バカヤロー。

女房がズルフォン剤のガラスビンを縦に立てようとして、ガチャリと倒す。音響が、とびあがるほど、ひびくのである。

「コラ、バカ者！」

「このガラスビンは立てることができるのよ」

先方は、曲芸をたのしんでいるのである。

「オマエサンは、バカだから、キライだよ」

女房の血相が変る。怒り、骨髄（こつずい）に徹したのである。こっちは痛み骨髄に徹している。グサリと短刀を頬へつきさす。エイとえぐる。気持、よきにあらずや。ノドにグリグリができている。そこが、うずく。耳が痛い。頭のシンも、電気のようにヒリヒリする。

クビをくくれ。悪魔を亡（ほろ）ぼせ。退治せよ。すすめ。まけるな。戦え。

かの三文文士は、歯痛によって、ついに、クビをくくって死せり。決死の血相、ものすごし。闘志十分なりき。偉大。

ほめて、くれねえだろうな。誰も。

歯が痛い、などということは、目下、歯が痛い人間以外は誰も同感してくれないのである。人間ボートク！と怒ったって、歯痛に対する不同感が人間ボートクかね。然らば、歯痛ボートク。いいじゃないですか。歯痛ぐらい。やれやれ。歯は、そんなものでしたか。新発見。

たった一人、銀座出版の升金編輯局長という珍妙な人物が、同情をよせてくれた。

「ウム、安吾さんよ。まさしく、歯は痛いもんじゃよ。歯の病気と生殖器の病気は、同類項の陰鬱じゃ」

うまいことを言う。まったく、陰にこもっている。してみれば、借金も同類項だろう。借金は陰鬱なる病気也。不治の病い也。これを退治せんとするも、人力の及ぶべからず。ああ、悲し、悲し。

歯痛をこらえて、ニッコリ、笑う。ちっとも、偉くねえや。このバカヤロー。

ああ、歯痛に泣く。蹴とばすぞ。このバカ者。

歯は、何本あるか。これが、問題なんだ。人によって、歯の数が違うものだと思っていたら、そうじゃ、ないんだってね。変なところまで、似せやがるよ。そうまで、しなくったって、いいじゃないか。だからオレは、神様が、きらいなんだ。なんだって、歯の数まで、同じにしやがるんだろう。気違いめ。まったくさ。そういうキチョウメンなヤリカタは、気違いのものなんだ。もっと、素直に、なりやがれ。

歯痛をこらえて、ニッコリ、笑う。ニッコリ笑って、人を斬（き）る。黙って坐（すわ）れば、ピタリと、治る。オタスケじいさんだ。なるほど、信者が集る筈（はず）だ。

余（よ）は、歯痛によって、十日間、カンシャクを起せり。女房は親切なりき。枕頭（ちんとう）に侍（はべ）り、カナダライに氷をいれ、タオルをしぼり、五分間おきに余のホッペタにのせかえてくれたり。怒り骨髄に徹すれど、色にも見せず、貞淑（ていしゅく）、女大学なりき。

十日目。

「治った？」

「ウム。いくらか、治った」

女という動物が、何を考えているか、これは利口な人間には、わからんよ。女房、とたんに血相変り、

「十日間、私を、いじめたな」

余はブンナグラレ、蹴とばされたり。

ああ、余の死するや、女房とたんに血相変り、一生涯、私を、いじめたな、と余のナキガラをナグリ、クビをしめるべし。とたんに、余、生きかえれば、面白し。

檀一雄、来る。ふところより高価なるタバコをとりだし、貧乏するとゼイタクになる、タンマリお金があると、二十円の手巻きを買う、と呟きつつ、余に一個くれたり。

「太宰が死にましたね。死んだから、葬式に行かなかった」

死なない葬式が、あるもんか。

檀は太宰と一緒に共産党の細胞とやらいう生物活動をしたことがあるのだ。そのとき太宰は、生物の親分格で、檀一雄の話によると一団中で最もマジメな党員だったそうである。

「とびこんだ場所が自分のウチの近所だから、今度はほんとに死んだと思った」

檀仙人は神示をたれて、又、曰く、

「またイタズラしましたね。なにかしらイタズラするです。死んだ日が十三日、グッドバイが十三回目、なんとか、なんとかが、十三……」

檀仙人は十三をズラリと並べた。てんで気がついていなかったから、私は呆気にとられた。仙人の眼力である。

太宰の死は、誰より早く、私が知った。まだ新聞へでないうちに、新潮の記者が知らせに来たのである。それをきくと、私はただちに置手紙を残して行方をくらました、新聞、雑誌が太宰のことで襲撃すると直覚に及んだからで、太宰のことは当分語りたくないから、と来訪の記者諸氏に宛(あ)て、書き残して、家をでたのである。これがマチガイの元であった。

新聞記者は私の置手紙の日附が新聞記事よりも早いので、怪しんだのだ。太宰の自殺が狂言で、私が二人をかくまっていると思ったのである。

私も、はじめ、生きているのじゃないか、と思った。然(しか)し、川っぷちに、ズリ落ちた跡がハッキリしていたときいたので、それでは本当に死んだと思った。ズリ落ちた跡までイタズラはできない。新聞記者は拙者に弟子入りして探偵小説を勉強しろ。

新聞記者のカンチガイが本当であったら、大いに、よかった。一年間ぐらい太宰を隠しておいて、ヒョイと生きかえらせたら、新聞記者や世の良識ある人々はカンカンに怒るか知れないが、たまにはそんなことが有っても、いいではないか。本当の自殺よりも、狂言自殺をたくらむだけのイタズラができたら、太宰の文学はもっと傑(すぐ)れたものになったろうと私は思っている。

★

ブランデン氏は、日本の文学者どもと違って眼識ある人である。太宰の死にふれて(時事新報)文学者がメランコリイだけで死ぬのは例が少い、だいたい虚弱から追いつめられるもので、太宰の場合も肺病が一因ではないか、という説であった。

芥川も、そうだ。中国で感染した梅毒が、貴族趣味のこの人をふるえあがらせたことが思いやられる。

芥川や太宰の苦悩に、もはや梅毒や肺病からの圧迫が慢性となって、無自覚になっていたとしても、自殺へのコースをひらいた圧力の大きなものが、彼らの虚弱であったことは本当だと私は思う。

太宰は、M・C、マイ・コメジアン、を自称しながら、どうしても、コメジアンになりきることが、できなかった。

晩年のものでは、――どうも、いけない。彼は「晩年」という小説を書いてるもんで、こんぐらかって、いけないよ。その死に近きころの作品に於ては（舌がまわらんネ）「斜陽」が最もすぐれている。然し十年前の「魚服記」（これぞ晩年の中にあり）は、すばらしいじゃないか。これぞ、M・Cの作品です。「斜陽」も、ほぼ、M・Cだけれども、どうしてもM・Cになりきれなかったんだね。

「父」だの「桜桃」だの、苦しいよ。あれを人に見せちゃア、いけないんだ。あれはフツカヨイの中にだけあり、フツカヨイの中で処理してしまわなければいけない性質のものだ。

フツカヨイの、もしくは、フツカヨイ的の、自責や追懐の苦しさ、切なさを、文学の問題にしてもいけないし、人生の問題にしてもいけない。

死に近きころの太宰は、フツカヨイ的でありすぎた。毎日がいくらフツカヨイであるにしても、文学がフツカヨイじゃ、いけない。舞台にあがったM・Cにフツカヨイは許されないのだよ。覚醒剤（かくせいざい）をのみすぎ、心臓がバクハツしても、舞台の上のフツカヨイはくいとめなければいけない。

芥川は、ともかく、舞台の上で死んだ。死ぬ時も、ちょッと、役者だった。太宰は、十三の数をひねくったり、人間失格、グッドバイと時間をかけて筋をたて、筋書き通りにやりながら、結局、舞台の上ではなく、フツカヨイ的に死んでしまった。

フツカヨイをとり去れば、太宰は健全にして整然たる常識人、つまり、マットウの人間であった。小林秀雄が、そうである。太宰は小林の常識性を笑っていたが、それはマチガイである。真に正しく整然たる常識人でなければ、まことの文学は、書ける筈がない。

今年の一月何日だか、織田作之助の一周忌に酒をのんだとき、織田夫人が二時間ほど、おくれて来た。その時までに一座は大いに酔っ払っていたが、誰かが織田の何人かの隠していた女の話をはじめたので、

「そういう話は今のうちにやってしまえ。織田夫人がきたら、やるんじゃないよ」

と私が言うと、

「そうだ、そうだ、ほんとうだ」

と、間髪を入れず、大声でアイヅチを打ったのが太宰であった。先輩を訪問するに袴をはき、太宰は、そういう男である。健全にして、整然たる、本当の人間であった。

然し、M・Cになれず、どうしてもフツカヨイ的になりがちであった。

人間、生きながらえば恥多し。然し、文学のM・Cには、人間の恥はあるが、フツカヨイの恥はない。

「斜陽」には、変な敬語が多すぎる。お弁当をお座敷にひろげて御持参のウイスキーをお飲みになり、といったグアイに、そうかと思うと、和田叔父が汽車にのると上キゲンに謡をうなる、というように、いかにも貴族の月並な紋切型で、作者というものは、こんなところに文学のまことの問題はないのだから平気な筈なのに、実に、フツカヨイ的に最も赤面するのが、こういうところなのである。

まったく、こんな赤面は無意味で、文学にとって、とるにも足らぬことだ。

ところが、志賀直哉という人物が、これを採りあげて、ヤッつける。つまり、志賀直哉なる人物が、いかに文学者でないか、単なる文章家にすぎん、ということが、これによって明かなのであるが、ところが、これが又、フツカヨイ的には最も急所をついたもので、太宰を赤面混乱させ、逆上させたに相違ない。

元々太宰は調子にのると、フツカヨイ的にすべってしまう男で、彼自身が、志賀直哉の「お殺し」という敬語が、体(てい)をなさんと云(い)って、ヤッつける。

いったいに、こういうところには、太宰の一番かくしたい秘密があった、と私は思う。

彼の小説には、初期のものから始めて、自分が良家の出であることが、書かれすぎている。

そのくせ、彼は、亀井勝一郎(かめいかついちろう)が何かの中で自ら名門の子弟を名乗ったら、ゲッ、名門、笑わせるな、名門なんて、イヤな言葉、そう言ったが、なぜ、名門がおかしいのか、つまり太宰が、それにコダワッているのだ。名門のおかしさが、すぐ響くのだ。志賀直哉のお殺しも、それが彼にひびく意味があったのだろう。

フロイドに「誤謬(ごびゅう)の訂正」ということがある。我々が、つい言葉を言いまちがえたりすると、それを訂正する意味で、無意識のうちに類似のマチガイをやって、合理化しようとするものだ。

フツカヨイ的な衰弱的な心理には、特にこれがひどくなり、赤面逆上的混乱苦痛とともに、誤謬の訂正的発狂状態が起るものである。

太宰は、これを、文学の上でやった。

思うに太宰は、その若い時から、家出をして女の世話になった時などに、良家の子弟、時には、華族の子弟ぐらいのところを、気取っていたこともあったのだろう。その手で、飲み屋をだまして、借金を重ねたことも、あったかも知れぬ。

フツカヨイ的に衰弱した心には、遠い一生のそれらの恥の数々が赤面逆上的に彼を苦しめていたに相違ない。そして彼は、その小説で、誤謬の訂正をやらかした。フロイドの誤謬の訂正とは、誤謬を素直に訂正することではなくて、もう一度、類似の誤謬を犯すことによって、訂正のツジツマを合せようとする意味である。

けだし、率直な誤謬の訂正、つまり善なる建設への積極的な努力を、太宰はやらなかった。

彼は、やりたかったのだ。そのアコガレや、良識は、彼の言動にあふれていた。然し、やれなかった。そこには、たしかに、虚弱の影響もある。然し、虚弱に責を負わせるのは正理ではない。たしかに、彼が、安易であったせいである。

M・Cになるには、フツカヨイを殺してかかる努力がいるが、フツカヨイの嘆きに溺(おぼ)れてしまうには、努力が少くてすむのだ。然し、なぜ、安易であったか、やっぱり、虚弱に帰するべきであるかも知れぬ。

むかし、太宰がニヤリと笑って田中英光（ひでみつ）に教訓をたれた。ファン・レターには、うるさがらずに、返事をかけよ、オトクイサマだからな。文学者も商人だよ。田中英光はこの教訓にしたがって、せッせと返事を書くそうだが、太宰がせッせと返事を書いたか、あんまり書きもしなかろう。

しかし、ともかく、太宰が相当ファンにサービスしていることは事実で、去年私のところへ金沢だかどこかの本屋のオヤジが、画帖（がちょう）（だか、どうだか、中をあけてみなかったが、相当厚みのあるものであった）を送ってよこして、一筆かいてくれという。包みをあけずに、ほッたらかしておいたら、時々サイソクがきて、そのうち、あれは非常に高価な紙をムリして買ったもので、もう何々さん、何々さん、何々さん、太宰さんも書いてくれた、余は汝（なんじ）坂口先生の人格を信用している、というような変なことが書いてあった。虫の居どころの悪い時で、私も腹を立て、変なインネンをつけるな、バカ者め、と、包みをそっくり送り返したら、このキチガイめ、と怒った返事がきたことがあった。その時のハガキによると、太宰は絵をかいて、それに書を加えてやったようである。相当のサービスと申すべきであろう。これも、彼の虚弱から来ていることだろうと私は思っている。

いったいに、女優男優はとにかく、文学者とファン、ということは、日本にも、外国にも、あんまり話題にならない。だいたい、現世的な俳優という仕事と違って、文学は歴史性のある仕事であるから、文学者の関心は、現世的なものとは交りが浅くなるのが当然で、ヴァレリイはじめ崇拝者にとりまかれていたというマラルメにしても、木曜会の漱石にしても、ファンというより門弟で、一応才能の資格が前提されたツナガリであったろう。

太宰の場合は、そうではなく、映画ファンと同じようで、こういうところは、芥川にも似たところがある。私はこれを彼らの肉体の虚弱からきたものと見るのである。彼らの文学は本来孤独の文学で、現世的、ファン的なものとツナガルところはない筈であるのに、つまり、彼らは、舞台の上のM・Cになりきる強靭(きょうじん)さが欠けていて、その弱さを現世的におぎなうようになったのだろうと私は思う。

結局は、それが、彼らを、死に追いやった。彼らが現世を突ッぱねていれば、彼らは、自殺はしなかった。自殺したかも、知れぬ。然し、ともかく、もっと強靭なM・Cとなり、さらに傑(すぐ)れた作品を書いたであろう。

芥川にしても、太宰にしても、彼らの小説は、心理通、人間通の作品で、思想性は殆(ほとん)どない。

虚無というものは、思想ではないのである。人間そのものに附属した生理的な精神内容で、思想というものは、もっとバカな、オッチョコチョイなものだ。キリストは、思想でなく、人間そのものである。

人間性（虚無は人間性の附属品だ）は永遠不変のものであり、人間一般のものであるが、個人というものは、五十年しか生きられない人間で、その点で、唯一（ゆいいつ）の特別な人間であり、人間一般と違う。思想とは、この個人に属するもので、だから、生き、又、亡びるものである。だから、元来、オッチョコチョイなのである。

思想とは、個人が、ともかく、自分の一生を大切に、より良く生きようとして、工夫をこらし、必死にあみだした策であるが、それだから、又、人間、死んでしまえば、それまでさ、アクセクするな、と言ってしまえば、それまでだ。

太宰は悟りすまして、そう云いきることも出来なかった。そのくせ、よりよく生きる工夫をほどこし、青くさい思想を怖（おそ）れず、バカになることは、尚（なお）、できなかった。然し、そう悟りすまして、冷然、人生を白眼視（はくがんし）しても、ちッとも救われもせず、偉くもない。それを太宰は、イヤというほど、知っていた筈だ。

太宰のこういう「救われざる悲しさ」は、太宰ファンなどというものには分らない。太宰ファンは、太宰が冷然、白眼視、青くさい思想や人間どもの悪アガキを冷笑して、フツカヨイ的な自虐(じぎゃく)作用を見せるたびに、カッサイしていたのである。

太宰はフツカヨイ的では、ありたくないと思い、もっともそれを呪(のろ)っていた筈だ。どんなに青くさくても構わない、幼稚でもいい、よりよく生きるために、世間的な善行でもなんでも、必死に工夫して、よい人間になりたかった筈だ。

それをさせなかったものは、もろもろの彼の虚弱だ。そして彼は現世のファンに迎合し、歴史の中のM・Cにならずに、ファンだけのためのM・Cになった。

「人間失格」「グッド・バイ」「十三」なんて、いやらしい、ゲッ。他人がそれをやれば、太宰は必ず、そう言う筈ではないか。

太宰が死にそこなって、生きかえったら、いずれはフツカヨイ的に赤面逆上、大混乱、苦悶(くもん)のアゲク、「人間失格」「グッド・バイ」自殺、イヤらしい、ゲッ、そういうものを書いたにきまっている。

太宰は、時々、ホンモノのM・Cになり、光りかがやくような作品をかいている。

「魚服記」、「斜陽」、その他、昔のものにも、いくつとなくあるが、近年のものでも、「男女同権」とか、「親友交驩(こうかん)」のような軽いものでも、立派なものだ。堂々、見あげたM・Cであり、歴史の中のM・Cぶりである。

けれども、それが持続ができず、どうしてもフツカヨイのM・Cになってしまう。そこから持ち直して、ホンモノのM・Cに、もどる。又、フツカヨイのM・Cにもどる。それを繰りかえしていたようだ。

然し、そのたびに、語り方が巧くなり、よい語り手になっている。文学の内容は変っていない。それは彼が人間通の文学で、人間性の原本的な問題のみ取り扱っているから、思想的な生成変化が見られないのである。

今度も、自殺をせず、立ち直って、歴史の中のM・Cになりかえったなら、彼は更に巧みな語り手となって、美しい物語をサービスした筈であった。

だいたいに、フツカヨイ的自虐作用は、わかり易いものだから、深刻ずきな青年のカッサイを博すのは当然であるが、太宰ほどの高い孤独な魂が、フツカヨイのM・Cにひきずられがちであったのは、虚弱の致すところ、又、ひとつ、酒の致すところであったと私は思う。

ブランデン氏は虚弱を見破ったが、私は、もう一つ、酒、この極めて通俗な魔物をつけ加える。

太宰の晩年はフツカヨイ的であったが、又、実際に、フツカヨイという通俗きわまるものが、彼の高い孤独な魂をむしばんでいたのだろうと思う。

酒は殆ど中毒を起さない。先日、さる精神病医の話によると、特に日本には真性アル中というものは殆どない由である。

けれども、酒を麻薬に非ず、料理の一種と思ったら、大マチガイですよ。

酒は、うまいもんじゃないです。僕はどんなウイスキーでもコニャックでも、イキを殺して、ようやく呑み下しているのだ。酔っ払うために、のんでいるです。酔うと、ねむれます。これも効用のひとつ。

然し、酒をのむと、否、酔っ払うと、忘れます。いや、別の人間に誕生します。もしも、自分というものが、忘れる必要がなかったら、何も、こんなものを、私はのみたくない。

自分を忘れたい、ウソつけ。忘れたきゃ、年中、酒をのんで、酔い通せ。これをデカダンと称す。屁理窟を云ってはならぬ。

私は生きているのだぜ。さっきも言う通り、人生五十年、タカが知れてらア、そう言うのが、あんまり易しいから、そう言いたくないと言ってるじゃないか。幼稚でも、青くさくても、泥くさくても、なんとか生きているアカシを立てようと心がけているのだ。年中酔い通すぐらいなら、死んでらい。

一時的に自分を忘れられるということは、これは魅力あることですよ。たしかに、これは、現実的に偉大なる魔術です。むかしは、金五十銭、ギザギザ一枚にぎると、新橋の駅前で、コップ酒五杯のんで、魔術がつかえた。ちかごろは、魔法をつかうのは、容易なことじゃ、ないですよ。太宰は、魔法つかいに失格せずに、人間に失格したです。と、思いこみ遊ばしたです。

もとより、太宰は、人間に失格しては、いない。フツカヨイに赤面逆上するだけでも、赤面逆上しないヤツバラよりも、どれぐらい、マットウに、人間的であったか知れぬ。

小説が書けなくなったわけでもない。ちょッと、一時的に、M・Cになりきる力が衰えただけのことだ。

太宰は、たしかに、ある種の人々にとっては、つきあいにくい人間であったろう。たとえば、太宰は私に向って、文学界の同人についなっちゃったが、あれ、どうしたら、いいかね、と云うから、いいじゃないか、そんなこと、ほッたらかしておくがいいさ。アア、そうだ、そうだ、とよろこぶ。

そのあとで、人に向って、坂口安吾にこうわざとショゲて見せたら、案の定、大先輩ぶって、ポンと胸をたたかんばかりに、いいじゃないか、ほッたらかしとけ、だってさ、などと面白おかしく言いかねない男なのである。

多くの旧友は、太宰のこの式の手に、太宰をイヤがって離れたりしたが、むろんこの手で友人たちは傷つけられたに相違ないが、実際は、太宰自身が、わが手によって、内々さらに傷つき、赤面逆上した筈である。

もとより、これらは、彼自身がその作中にも言っている通り、現に眼前の人へのサービスに、ふと、言ってしまうだけのことだ。それぐらいのことは、同様に作家たる友人連、知らない筈はないが、そうと知っても不快と思う人々は彼から離れたわけだろう。

然し、太宰の内々の赤面逆上、自卑、その苦痛は、ひどかった筈だ。その点、彼は信頼に足る誠実漢であり、健全な、人間であったのだ。

だから、太宰は、座談では、ふと、このサービスをやらかして、内々赤面逆上に及ぶわけだが、それを文章に書いてはおらぬ。ところが、太宰の弟子の田中英光となると、座談も文学も区別なしに、これをやらかしており、そのあとで、内々どころか、大ッピラに、赤面混乱逆上などと書きとばして、それで当人救われた気持だから、助からない。

太宰は、そうではなかった。もっと、本当に、つつましく、敬虔で、誠実であったのである。それだけ、内々の赤面逆上は、ひどかった筈だ。

そういう自卑に人一倍苦しむ太宰に、酒の魔法は必需品であったのが当然だ。然し、酒の魔術には、フツカヨイという香しからぬ附属品があるから、こまる。火に油だ。料理用の酒には、フツカヨイはないのであるが、魔術用の酒には、これがある。精神の衰弱期に、魔術を用いると、淫しがちであり、ええ、ままよ、死んでもいいやと思いがちで、最も強烈な自覚症状としては、もう仕事もできなくなった、文学もイヤになった、これが、自分の本音のように思われる。実際は、フツカヨイの幻想で、そして、病的な幻想以外に、もう仕事ができない、という絶体絶命の場は、実在致してはおらぬ。

太宰のような人間通、色々知りぬいた人間でも、こんな俗なことを思いあやまる。ムリはないよ。酒は、魔術なのだから。俗でも、浅薄でも、敵が魔術だから、知っていても、人智は及ばぬ。ローレライです。

太宰は、悲し。ローレライに、してやられました。

情死だなんて、大ウソだよ。魔術使いは、酒の中で、女にほれるばかり。酒の中にいるのは、当人でなくて、別の人間だ。別の人間が惚れたって、当人は、知らないよ。

第一、ほんとに惚れて、死ぬなんて、ナンセンスさ。惚れたら、生きることです。

太宰の遺書は、体をなしていない。メチャメチャに酔っ払っていたようだ。十三日に死ぬことは、あるいは、内々考えていたかも知れぬ。ともかく、人間失格、グッドバイ、それで自殺、まア、それとなく筋は立てておいたのだろう。内々筋は立ててあっても、必ず死なねばならぬ筈でもない。必ず死なねばならぬ、そのような絶体絶命の思想とか、絶体絶命の場というものが、実在するものではないのである。彼のフツカヨイ的衰弱が、内々の筋を、次第にノッピキならないものにしたのだろう。

然し、スタコラサッちゃんが、イヤだと云えば、実現はする筈がない。太宰がメチャメチャに酔って、言いだして、サッちゃんが、それを決定的にしたのであろう。サッちゃんも、大酒飲みの由であるが、その遺書は、尊敬する先生のお伴をさせていただくのは身にあまる幸福です、というような整ったもので、一向に酔った跡はない。然し、太宰の遺書は、書体も文章も体をなしておらず、途方もない御酩酊に相違なく、これが自殺でなければ、アレ、ゆうべは、あんなことをやったか、と、フツカヨイの赤面逆上があるところだが、自殺とあっては、翌朝、目がさめないから、ダメである。

太宰の遺書は、体をなしていなすぎる。太宰の死にちかいころの文章が、フツカヨイ的であっても、ともかく、現世を相手のM・Cであったことは、たしかだ。もっとも、「如是我聞」の最終回（四回目か）は、ひどい。ここにも、M・Cは、殆どいない。あるものは、グチである。こういうものを書くことによって、彼の内々の赤面逆上は益々ひどくなり、彼の精神は消耗して、ひとり、生きぐるしく、切なかったであろうと思う。然し、彼がM・Cでなくなるほど、身近の者からカッサイが起り、その愚かさを知りながら、ウンザリしつつ、カッサイの人々をめあてに、それに合わせて行ったらしい。その点では、彼は最後まで、M・Cではあった。彼をとりまく最もせまいサークルを相手に。

彼の遺書には、そのせまいサークル相手のM・Cすらもない。

子供が凡人でもカンベンしてやってくれ、という。奥さんには、あなたがキライで死ぬんじゃありません、とある。井伏さんは悪人です、とある。

そこにあるものは、泥酔の騒々しさばかりで、まったく、M・Cは、おらぬ。

だが、子供が凡人でも、カンベンしてやってくれ、とは、切ない。凡人でない子供が、彼はどんなに欲しかったろうか。凡人でも、わが子が、哀れなのだ。それで、いいではないか。太宰は、そういう、あたりまえの人間だ。彼の小説は、彼がまっとうな人間、小さな善良な健全な整った人間であることを承知して、読まねばならないものである。

然し、子供をただ憐れんでくれ、とは言わずに、特に凡人だから、と言っているところに、太宰の一生をつらぬく切なさの鍵もあったろう。つまり、彼は、非凡に憑かれた類の少い見栄坊でもあった。その見栄坊自体、通俗で常識的なものであるが、志賀直哉に対する「如是我聞」のグチの中でも、このことはバクロしている。

宮様が、身につまされて愛読した、それだけでいいではないか、と太宰は志賀直哉にくッてかかっているのであるが、日頃のM・Cのすぐれた技術を忘れると、彼は通俗そのものである。それでいいのだ。通俗で、常識的でなくて、どうして小説が書けようぞ。太宰が終生、ついに、この一事に気づかず、妙なカッサイに合わせてフツカヨイの自虐作用をやっていたのが、その大成をはばんだのである。

くりかえして言う。通俗、常識そのものでなければ、すぐれた文学は書ける筈がないのだ。太宰は通俗、常識のまッとうな典型的人間でありながら、ついに、その自覚をもつことができなかった。

人間をわりきろうなんて、ムリだ。特別、ひどいのは、子供というヤツだ。ヒョッ

コリ、生れてきやがる。

不思議に、私には、子供がない。ヒョッコリ生れかけたことが、二度あったが、死んで生れたり、生れて、とたんに死んだりした。おかげで、私は、いまだに、助かっているのである。

全然無意識のうちに、変テコリンに腹がふくらんだりして、にわかに、その気になったり、親みたいな心になって、そんな風にして、人間が生れ、育つのだから、バカらしい。

人間は、決して、親の子ではない。キリストと同じように、みんな牛小屋か便所の中かなんかに生れているのである。

親がなくとも、子が育つ。ウソです。

親があっても、子が育つんだ。親なんて、バカな奴が、人間づらして、親づらして、腹がふくれて、にわかに慌(あわ)てて、親らしくなりやがった出来損いが、動物とも人間ともつかない変テコリンな憐れみをかけて、陰にこもって子供を育てやがる。親がなきゃ、子供は、もっと、立派に育つよ。

太宰という男は、親兄弟、家庭というものに、いためつけられた妙チキリンな不良少年であった。

生れが、どうだ、と、つまらんことばかり、云ってやがる。強迫観念である。そのアゲク、奴は、本当に、華族の子供、天皇の子供かなんかであればいい、と内々思って、そういうクダラン夢想が、奴の内々の人生であった。

太宰は親とか兄とか、先輩、長者というと、もう頭が上らんのである。だから、それをヤッツケなければならぬ。口惜しいのである。然し、ふるいついて泣きたいぐらい、愛情をもっているのである。こういうところは、不良少年の典型的な心理であった。

彼は、四十になっても、まだ不良少年で、不良青年にも、不良老年にもなれない男であった。

不良少年は負けたくないのである。なんとかして、偉く見せたい。クビをくって、死んでも、偉く見せたい。宮様か天皇の子供でありたいように、死んでも、偉く見せたい。四十になっても、太宰の内々の心理は、それだけの不良少年の心理で、そのアサハカなことを本当にやりやがったから、無茶苦茶な奴だ。

文学者の死、そんなもんじゃない。四十になっても、不良少年だった妙テコリンの出来損いが、千々(ちぢ)に乱れて、とうとう、やりやがったのである。

まったく、笑わせる奴だ。先輩を訪れる。先輩と称し、ハオリ袴で、やってきやがる。不良少年の仁義である。礼儀正しい。そして、天皇の子供みたいに、日本一、礼儀正しいツモリでいやがる。

芥川は太宰よりも、もっと大人のような、利口のような顔をして、そして、秀才で、おとなしくて、ウブらしかったが、実際は、同じ不良少年であった。二重人格で、もう一つの人格は、ふところにドスをのんで縁日かなんかぶらつき、小娘を脅迫、口説いていたのである。

文学者、もっと、ひどいのは、哲学者、笑わせるな。哲学。なにが、哲学だい。なんでもありゃしないじゃないか。思索ときやがる。

ヘーゲル、西田幾多郎、なんだい、バカバカしい。六十になっても、人間なんて、不良少年、それだけのことじゃないか。大人ぶるない。冥想（めいそう）ときやがる。

何を冥想していたか。不良少年の冥想と、哲学者の冥想と、どこに違いがあるのか。持って廻っているだけ、大人の方が、バカなテマがかかっているだけじゃないか。

芥川も、太宰も、不良少年の自殺であった。

不良少年の中でも、特別、弱虫、泣き虫小僧であったのである。腕力じゃ、勝てない。理窟でも、勝てない。そこで、何か、ひきあいを出して、その権威によって、自己主張をする。芥川も、太宰も、キリストをひきあいに出した。弱虫の泣き虫小僧の不良少年の手である。

ドストエフスキーとなると、不良少年でも、ガキ大将の腕ッ節があった。奴ぐらいの腕ッ節になると、キリストだの何だのヒキアイに出さぬ。自分がキリストになる。キリストをこしらえやがる。まったく、とうとう、こしらえやがった。アリョーシャという、死の直前に、ようやく、まにあった。そこまでは、シリメツレツであった。不良少年は、シリメツレツだ。

死ぬ、とか、自殺、とか、くだらぬことだ。負けたから、死ぬのである。勝てば、死にはせぬ。死の勝利、そんなバカな論理を信じるのは、オタスケじいさんの虫きりを信じるよりも阿呆らしい。

人間は生きることが、全部である。死ねば、なくなる。名声だの、芸術は長し、バカバカしい。私は、ユーレイはキライだよ。死んでも、生きてるなんて、そんなユーレイはキライだよ。

生きることだけが、大事である、ということ。たったこれだけのことが、わかっていない。本当は、分るとか、分らんという問題じゃない。生きるか、死ぬか、二つしか、ありやせぬ。おまけに、死ぬ方は、ただなくなるだけで、何もないだけのことじゃないか。生きてみせ、やりぬいてみせ、戦いぬいてみなければならぬ。いつでも、ないよ。

死ねる。そんな、つまらんことをやるな。いつでも出来ることなんか、やるもんじゃ

死ぬ時は、ただ無に帰するのみであるという、このツツマシイ人間のまことの義務に忠実でなければならぬ。私は、これを、人間の義務とみるのである。生きているだけが、人間で、あとは、ただ白骨、否、無である。そして、ただ、生きることのみを知ることによって、正義、真実が、生れる。生と死を論ずる宗教だの哲学などに、正義も、真理もありはせぬ。あれは、オモチャだ。

然し、生きていると、疲れるね。かく言う私も、時に、無に帰そうと思う時が、あるですよ。戦いぬく、言うは易く、疲れるね。然し、度胸は、きめている。是が非でも、生きる時間を、生きぬくよ。そして、戦うよ。決して、負けぬ。負けぬとは、戦う、ということです。それ以外に、勝負など、ありやせぬ。戦っていれば、負けないのです。決して、勝てないのです。人間は、決して、勝ちません。ただ、負けないのだ。

勝とうなんて、思っちゃ、いけない。勝てる筈が、ないじゃないか。誰に、何者に、勝つつもりなんだ。

時間というものを、無限と見ては、いけないのである。そんな大ゲサな、子供の夢

みたいなことを、本気に考えてはいけない。時間というものは、自分が生れてから、死ぬまでの間です。

大ゲサすぎたのだ。限度。学問とは、限度の発見にあるのだよ。大ゲサなのは、子供の夢想で、学問じゃないのです。

原子バクダンを発見するのは、学問じゃないのです。子供の遊びです。これをコントロールし、適度に利用し、戦争などせず、平和な秩序を考え、そういう限度を発見するのが、学問なんです。

自殺は、学問じゃないよ。子供の遊びです。はじめから、まず、限度を知っていることが、必要なのだ。

私はこの戦争のおかげで、原子バクダンは学問じゃない、子供の遊びは学問じゃない、戦争も学問じゃない、ということを教えられた。大ゲサなものを、買いかぶっていたのだ。

学問は、限度の発見だ。私は、そのために戦う。

（一九四八年）

口絵の写真について

林　義　勝

口絵の太宰治の写真――父・林忠彦（ただひこ）の代表作として知られ、写真集やポスターなどで頻繁に露出してきた、おなじみのカットです。しかしこの写真、いつも縦長の長方形にトリミングして使われてきましたが、オリジナルはブローニー判で撮影されていたのです。二〇一八（平成三十）年にフジフイルム スクエアの写真歴史博物館で開催された「昭和が生んだ写真・怪物 時代を語る林忠彦の仕事」展の第一部で、初めてノートリミングの状態で展示してみたのですが、ご覧になった方々は皆、驚いていました。

写真の右側に写っているのは坂口安吾さん。銀座のバー、ルパンでの一コマです。戦後間もない一九四六（昭和二十一）年。当時、父はカストリ雑誌ブームに乗って、二十誌以上も掛け持ちで仕事をしていましたが、一方で坂口安吾、織田作之助、太宰治はじめルパンにやってくる無頼派（ぶらいは）の文豪たちを撮影していました。その多くは翌年十二月から始まった「小説新潮」の巻頭グラビア「文士」シリーズに、二年間にわたって掲載されました。
太宰の写真もその中の一枚。ただ、父の記録によれば、父は太宰を作家だと知らなかったそうです。この日も織田作之助の写真を撮るためにルパンに行ったのですが、そこに酔っ払った太宰がいて、「俺の写真も撮ってくれ」とせがまれたとのこと。仕方ないので最後にたったひとつ残っていたフラッシュバルブを使って撮った、まさに一枚だったのです。それが今や父の代表作となっています。

（写真家、「波」二〇一八年九月号より抜粋）

解　説

荻野アンナ

　ドアを開けると安吾が立っていた。

「今度文庫本が出るんだよ。新しい読者にどうアピールしようかと思ってね」

「承っております」

　どうぞ、と部屋へ通した。

「汚い部屋だねえ」

「あなたにだけは言われたくないです」

　林忠彦の有名な安吾の写真がある。本や丸めた紙くずやマッチの箱や蚊取り線香が散乱し、畳が見えない状態で安吾は机に向かっている。私の部屋もジャングルだが、足の踏み場があるぶんマシである。

「どうだね、文庫版の『不良少年とキリスト』は？」

「戦後の評論を中心に据えたことで、読み応えがあります」

「今の風潮では、スカスカ読めるもののほうがウケるんじゃないか？」

「場合によるんですよ。この本も一歩踏み込みさえすれば、文学の蜜が流れる沃野です」

立ち読みで済ませたい読者には、冒頭の『復員』を勧める。わずか十八行で、大河小説の精髄が味わえるお徳用だ。

主人公の四郎は、南の島からの復員兵である。戦闘で片手片足を無くした彼は、故郷でも厄介者扱いに甘んじている。昔の婚約者はすでに家庭を持ち赤ん坊がいる。彼女は、「彼を見ると間の悪い顔をした」。その表情に「ほのあたたかいもの」を感じて四郎は満足する。

「生と死のギリギリを体験した四郎は、絶望の底が抜けています。恨みや憎しみで曇らない、彼の澄んだ瞳を前にして、別の男の元へ嫁いだ許婚は一瞬たじろぎます。言い換えれば、作り物の涙で共感することも、帰ってくるのが遅すぎたと責めることもしない。ありのままの人間性が四郎の心の氷を溶かした、ということでしょうか」

「この作品は去年、発見されたようだね」

「ようだね、って、作者でしょうに」

「書くとは、忘れることでもあるんだ。それより、読者に立ち読みを勧められちゃ、困るなァ」

「お金と暇のない読者にも、安吾さんに触れて、癒されてほしいな、と思って」

「評論は、じっくり読んでもらわないと」

「安吾さんの評論は、濃密ですけれど、実はスーパー飛ばし読みが出来るんですよね」

たとえば『恋愛論』。のっけから「恋愛とはいかなるものか、私はよく知らない」と宣言する。

「トマト料理の本を買ったら、著者が『私はトマトを知らない』という。読者はびっくりです。

この文庫本には入っていませんが、『日本文化私観』も、文化論でありながら『僕は日本の古代文化に就て殆んど知識を持っていない』で始まります」

「僕は正直なだけだよ」

「逆説が上手いんですよ。恋愛も文化も、安吾さんの生の基盤じゃないですか。大切過ぎるものに、知ったかぶりはできませんからね」

『恋愛論』の本文をまとめると、一行に収まる。恋愛は幻だが、人生そのものだ。その虚しさと切実さの間を論は往復して結論に至る。

〈孤独は、人のふるさとだ。恋愛は、人生の花であります。いかに退屈であろうとも、この外に花はない〉

なぜ恋愛を語って「孤独」に至るのか。それは恋愛が、途中から生きることのシノニムとなり、「因習」に囚われない「よりよきなにか」の探求と見なされているからだ。相手がいない孤独ではなく、相手があってこその孤独を、安吾は生の座標軸に据える。

「私は何度となく『恋愛は、人生の花』という言葉に助けられてきました。恋愛のみならず、人間関係の難しさ、病気の苦しさ、そういったギリギリの状況で『この外に花はない』と自分に言い聞かせてきました」

「『孤独』と『花』と『ふるさと』は、僕の三大キーワードだからね」

「そのことを納得するためには作品を読み込むことが必要です。でも最初の一行と最後の数行に目を通しただけでも、胸を鷲摑みにされた感じがあります」

たとえば『不良少年とキリスト』。「もう十日、歯がいたい」で始まるこの作品は、自身の歯痛から太宰治の情死へとスライドし、いわゆる太宰論を経て次の結論に達する。

〈学問は、限度の発見だ。私は、そのために戦う〉

「学問は可能性の発見、と若い時は思いがちです。ところが科学の進歩でも、今やどこまで可能か、よりもどこで止めるか、が問題になっています。クローン技術で人間を再生することがあっていいのか、どうか」

「僕にとっての『学問』は、そんな狭い意味じゃないんだよ」

「分かっています。『絶体絶命の思想』を目指しても人間の時間には限りがある。『通俗で常識的』であるからこそ太宰は小説家たり得たが、『非凡』の追求が彼をすり減らせて死に至る。それがあなたには残念で、思想は『オモチャ』だ、『生きることだけが、大事』だと説く。だから原子爆弾の技術は『子供の遊び』であり、原子力のコントロールと平和利用のほうが『学問』なんですよね」

「原子力は平和利用しても、大震災で炉が爆発したからなァ」

「現在は廃炉に向けて技術の最先端が集結され、『限度の発見』を模索しています」

「僕が書いたのは戦後すぐだけれど、今にも通用するなら嬉しいよ」

「通用する部分と、時代性を超えられない部分と、両方ありますね」

「褒めるか貶すか、どちらかにしてくれ給え」

「安吾さんは、本質的には修行僧なのですが、通俗を恐れず世俗にまみれる覚悟をお持ちです。三面記事を扱って、三面記事と一緒に時代に忘れられることを恐れていない。その点、面白いのが『ヤミ論語』です。焼け跡闇市の殺伐とした世相が反映されていることで、資料的な価値があります。その上で安吾さんの古さと新しさ、両方を読み解くことができる」

「僕のどこが古いんだい？」

「『男女同権』という項目です。宴会の席で『オサンドン』をさせられた女性が、今でいうセクハラを訴えたそうです。安吾さんは宴席で『すすんで』お酌をする女流作家連を引き合いに出して、行き過ぎた男女平等をたしなめています。今なら安吾さんのほうがセクハラ扱いされちゃいますよ」

「君こそハラ・ハラだよ」

「何ですか、それ」

「何かにつけてハラスメントとすぐ騒ぐことがハラスメント・ハラスメント、略してハラ・ハラ」

「安吾さん、意外と新しもの好きなんですね。そういう側面が窺われるのが『こりることの必要について』。一九四八年の福井地震を扱って、地震国でありながら対策を怠る愚を批判していますが、大震災を体験してみると耳の痛いお言葉です。

さらに『禍いを利用する』のが『文明の母胎』だから、戦後の焼け跡にこそ都市計画を、と説いています。その場合、『鉄筋コンクリのフラット式の集団高層住宅を原則とする』。今の東京は安吾さんの提言を体現していますね」

「体現し過ぎだよ。ものには限度というものがある」

「進歩の限度と同様に、人間性にも限度の見極めが必要ですよね。そのためのヒントとなる一行を、『詐欺の性格』の中に見つけました。

〈あらゆる人間というものが、あらゆる罪人を自分の心に持っているものだ〉

私はフランス文学を嗜んでいますが、十六世紀のモンテーニュは『エセー』で徹底的に自己を分析しています。『わたし』の『つましく、輝きもない生活』を描いて見せるのは、人類の全ての可能性が、一人一人の中に萌芽としてあるからです。

〈人間はだれでも、人間のありようとして完全なかたちを備えているのである〉（宮下志朗訳）

『完全なかたち』が悪を志向すればネロやヒットラーになります。安吾さんは当時の有名な強姦殺人者小平義雄や戦犯の東条英機を引いていますが、自分が一歩間違えれば小平や東条になる、と心得ている限りは健全なのでしょう」

「僕もフランス文学は嗜んだけれど、モンテーニュは格別記憶にないよ」

「今ここで出会ったじゃないですか。文学の歴史は直線ではなく、螺旋を描いているのではないでしょうか。その中で、モンテーニュと安吾が数百年を隔てて手を結ぶ。人間の本質を問う文学にとって、数百年は一瞬とも言えます」

「そうなると、お別れだね。僕はすでに歴史の側に身を置く人間だ。文庫化に喜んでこちらに登場したとは、われながらオッチョコチョイだな。もう帰るとしよう。読者によろしく伝えてくれたまえ」

言うより早く、安吾の姿は消えた。風が、虚しくページをめくっている。寝酒用のウイスキーの瓶が空なのは安吾か、私か。そのままごろりと横になって、自分のイビキを自分で聞いていた。


（平成三十一年三月、作家・慶應義塾大学教授）

この作品は昭和二十四年一月新潮社より刊行された。文庫化にあたり、新潮文庫版『堕落論』に収録されている「戦争論」「太宰治情死考」の二編は外し、新たに掌篇小説「復員」及び座談会「現代小説を語る」「歓楽極まりて哀情多し」を収録した。それぞれの底本は以下の通りである。

「復員」(『「文豪とアルケミスト」文学全集第二期』平成三十年十月、新潮社)
「現代小説を語る」(『「文豪とアルケミスト」文学全集第二期』平成三十年十月、新潮社)
「歓楽極まりて哀情多し」(『「文豪とアルケミスト」文学全集』平成二十九年十月、新潮社)

なお、明らかな誤字・脱字と思われる箇所は文意を損なわない範囲で適宜修正した。その際、『坂口安吾全集』第十四巻、第十五巻、第十七巻(いずれもちくま文庫)を参考にした。

【読者の皆様へ】

本作品には、今日の人権意識に照らし、不適切な語句や表現が散見され、それらは、現代において明らかに使用すべき語句・表現ではありません。

しかし、著者が差別意識より使用したとは考え難い点、故人の著作者人格権を尊重すべきであるという点を踏まえ、また個々の作品の歴史的文学的価値に鑑み、新潮文庫編集部としては、原文のまま刊行することといたしました。

決して差別の助長、温存を意図するものではないことをご理解の上、お読みいただければ幸いです。

（新潮文庫編集部）

不良少年とキリスト

新潮文庫　さ－2－4

令和元年六月一日発行
令和五年五月十五日二刷

著者　坂口安吾
発行者　佐藤隆信
発行所　株式会社新潮社

郵便番号　一六二―八七一一
東京都新宿区矢来町七一
電話　編集部(〇三)三二六六―五四四〇
読者係(〇三)三二六六―五一一一
https://www.shinchosha.co.jp

価格はカバーに表示してあります。

乱丁・落丁本は、ご面倒ですが小社読者係宛ご送付ください。送料小社負担にてお取替えいたします。

印刷・錦明印刷株式会社　製本・錦明印刷株式会社
Printed in Japan

ISBN978-4-10-102404-2　C0195